心《しん》星《ぼし》ひとつ

みをつくし料理帖

高田 郁

時代小説文庫

角川春樹事務所

目次

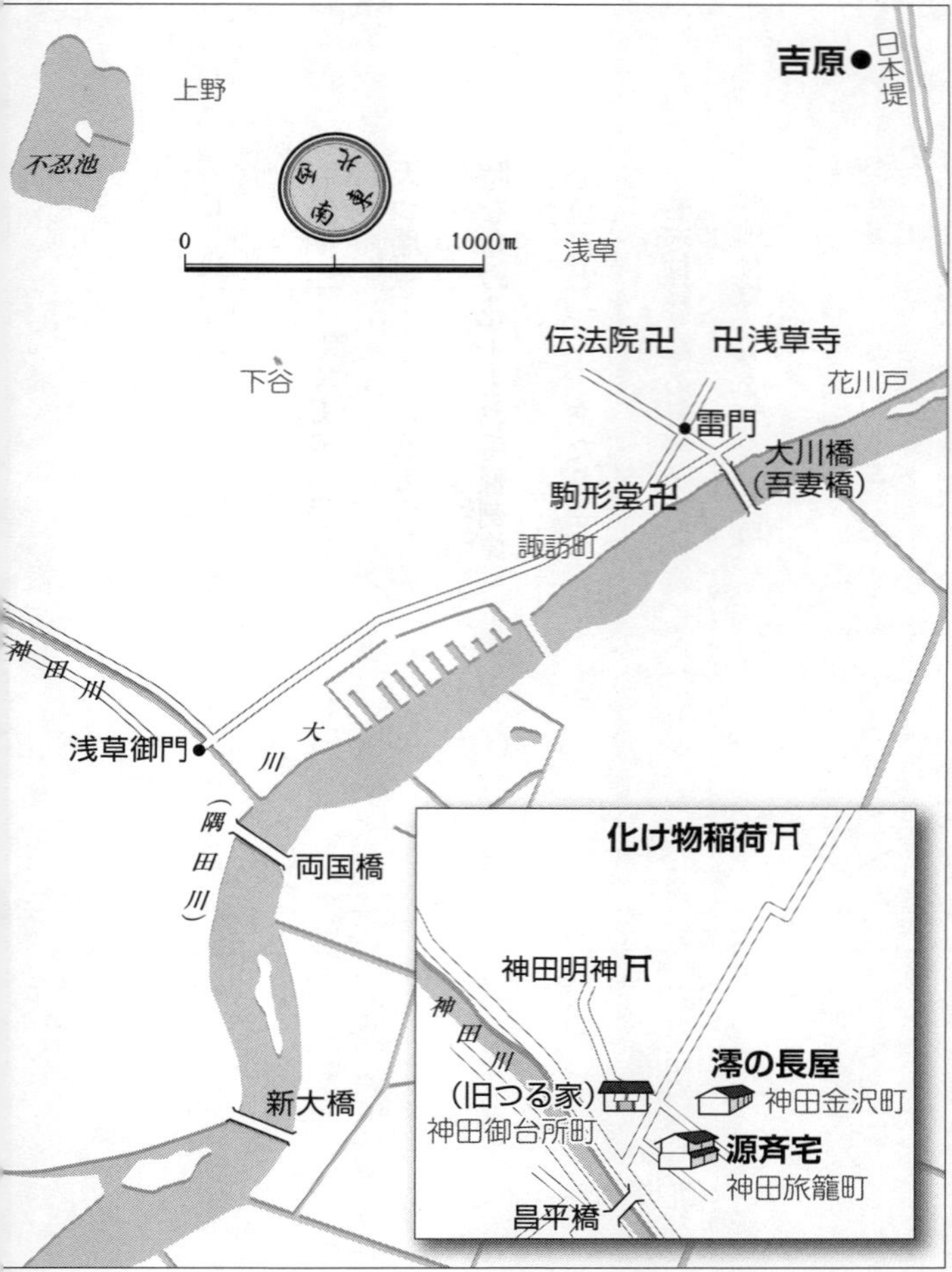

吉原
日本堤
上野
不忍池
北
東
南
西
0
1000m
浅草
伝法院
浅草寺
下谷
花川戸
雷門
大川橋
(吾妻橋)
駒形堂
諏訪町
神田川
浅草御門
大川
(隅田川)
両国橋
新大橋
化け物稲荷
神田明神
神田川
澪の長屋
(旧つる家)
神田金沢町
神田御台所町
源斉宅
神田旅籠町
昌平橋

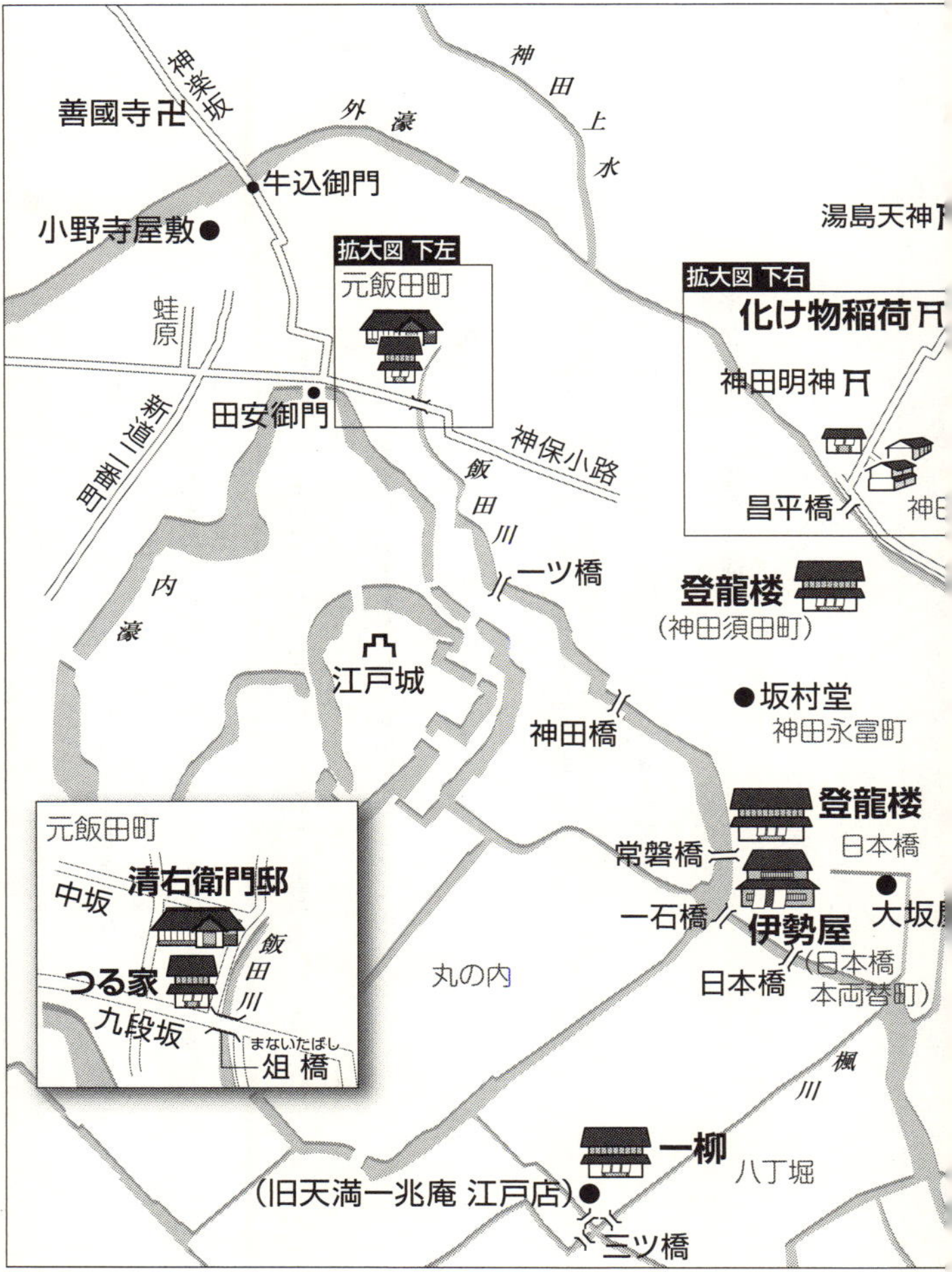

神楽坂
外濠
神田上水
善國寺
牛込御門
小野寺屋敷
湯島天神
拡大図 下左
元飯田町
拡大図 下右
化け物稲荷
蛙原
神田明神
新道二番町
田安御門
神保小路
飯田川
昌平橋
神田
一ツ橋
登龍楼
（神田須田町）
内濠
江戸城
坂村堂
神田永富町
神田橋
元飯田町
登龍楼
日本橋
常磐橋
清右衛門邸
中坂
大坂屋
一石橋
伊勢屋
（日本橋本両替町）
日本橋
飯田川
丸の内
つる家
九段坂
俎橋《まないたばし》
楓川
一柳
八丁堀
（旧天満一兆庵 江戸店）
三ツ橋

『みをつくし料理帖』

主な登場人物

澪《みお》　幼い日、水害で両親を失い、大坂の料理屋「天満一兆庵《てんまいっちょうあん》」に奉公。今は江戸の「つる家」で腕をふるう若き女料理人。

芳《よし》　もとは「天満一兆庵」のご寮さん(女将《おかみ》)。今は澪とともに暮らす。行方知れずの息子、佐兵衛《さへえ》を探している。

種市《たねいち》　「つる家」店主。澪に亡き娘つるの面影を重ねる。

ふき　「つる家」の下足番。弟の健《けん》坊は「登龍楼《とりゅうろう》」に奉公中。

おりょう　澪と芳のご近所さん。「つる家」を手伝う。夫は伊佐三《いさぞう》、子は太一《たいち》。

小松原《こまつばら》　澪の想《おも》いびと。本名は小野寺数馬《おのでらかずま》。御膳奉行。

永田源斉《ながたげんさい》　御典医・永田陶斉《とうさい》の次男。自身は町医者。

采女宗馬《うねめそうま》　料理屋「登龍楼」店主。

野江《のえ》　澪の幼馴染み。水害で澪と同じく天涯孤独となり、今は吉原「翁屋《おきなや》」であさひ太夫として生きている。

心星《しんぼし》ひとつ

みをつくし料理帖

青葉闇——しくじり生麩

雨の乏《とぼ》しい梅雨《つゆ》から、境目のないまま夏となり、じりじり煎《い》られながら大暑《たいしょ》を過ぎた。水に恵まれない炎暑は、生けるもの全《すべ》てから覇気《はき》を削《そ》いでしまう。今夏はひとも鳥獣も青物も、おしなべて元気がない。

神田永富町《かんだながとみちょう》の版元《はんもと》、坂村堂《さかむらどう》がひとりの老人を伴《ともな》って、つる家《や》の暖簾《のれん》を潜《くぐ》ったのは、そんな暑中の昼下がりのことだった。

「これはこれは、坂村堂の旦那《だんな》」

店主の種市《たねいち》は、満面の笑みで自《みずか》ら常客を迎えに出た。版元の後ろに見知らぬ老人を認めて、おっ、と軽く目を見張る。

年の頃、六十半《なか》ば。鬢《びん》は真っ白ながら、昨年より流行《はや》りだした芝翫縞《しかんじま》を、趣《おもむ》き良く着こなしている。随分と恰幅《かっぷく》の良い年寄りで、押せば脂《あぶら》が滲《にじ》み出しそうだ。坂村堂のあとに付いて座敷へ上がると、老人は物珍しそうに周囲を見回した。書き入れ時を過ぎた座敷には、隅《すみ》の方で剃髪《ていはつ》の中年男が遅い昼餉《ひるげ》を取っているだけで、ほかにお客の姿はなかった。

つる家の主《あるじ》も奉公人たちも、坂村堂の連れが常《つね》の戯作者《げさくしゃ》清右衛門《せいえもん》でないことを訝《いぶか》りながらも、笑顔で迎え入れる。老人は芳《よし》に目を止めると、初めて軽く会釈《えしゃく》を返した。

「今日は私の古い知り合いをお連れしました。料理番付に載《の》ったつる家の料理を是非に、と仰《おお》せなのですよ」

いつもの席に腰を据《す》えると、坂村堂は畳んだ手拭《てぬぐ》いで額《ひたい》の汗を拭った。

さようで、と種市は頷《うなず》いて、

「今日は坂村堂さんの大好物、鮎飯《あゆめし》がございますよ」

と、やけに改《あらた》まった声で言った。

「澪《みお》ちゃん、さっきからずっと座敷を覗《のぞ》いてただろう？」

調理場へ注文を通しにきたおりょうが、目で間仕切りを示した。

「やっぱり気になるよね。あの剃髪のお客」

ええ、と澪は鮎飯を装《よそ》いながら頷いた。

調理場近くの席に陣取った、身の丈《たけ》六尺（約百八十センチ）はあろうか、という熊《くま》並《な》みの大男。青々と剃《そ》り落とした頭を見れば、修験者《しゅげんじゃ》か入道のようだ。悩み事があるのか、もう半刻《はんとき》（約一時間）ほども、鮎飯を前に憂《うれ》い顔で考え込んでいる。

「料理がお気に召《め》さないのか、と心配で」

膳《ぜん》を整《ととの》えておりょうに託《たく》すと、澪はしゅんと両の眉《まゆ》を下げた。あらいやだ、とおりょうはからから笑いだす。

「この鮎飯を気に入らない、なんてひとが居るなら、あたしゃお目にかかりたいよ」

生臭《なまぐさ》を食べるべきかどうか、悩んでるだけじゃないのかい、と朗《ほが》らかな声を残して、おりょうは調理場を出ていった。


坂村堂の丸い目がきゅーっと細くなる。

「そうそう、この味ですよ、この味」

うんうん、と幾度《いくど》も頷いて、口の中のものを惜しむように食べ進める。鮎飯を頬張《ほおば》る度《たび》に、感に堪《た》えない、という風情《ふぜい》で頷くのだ。あまりに美味《おい》しそうな様子に、連れの老人と、それに隅の剃髪のお客の喉《のど》がごくりと鳴る。まるで息を合わせたように、ふたり同時に飯碗《めしわん》を手に取った。

つる家の鮎飯は、こんがりと素焼《すや》きした鮎を米と一緒に炊き上げる手法を取っている。それゆえに飯のひと粒ひと粒に鮎の旨味《うまみ》が沁《し》みて、しみじみ旨い、と評判だった。

「これは、これは」

老人は目を見張り、あとは物も言わずに夢中で鮎飯を平らげる。版元と老人は同時に空《から》の器《うつわ》を差し出して、お代わりを所望《しょもう》した。その様子が何とも微笑《ほほえ》ましく、芳は頬を緩《ゆる》めた。

お代わりを装い終えると、澪は間仕切り越し、剃髪のお客を注視した。それまで憂いに沈んでいた男は一転、何とも喜悦《きえつ》の表情で、鮎飯をゆっくり、ゆっくり味わっている。食べることが好きなのだろう、嬉《うれ》しそうに鮎飯を食《しょく》する姿に、澪は良かった、と胸を撫《な》で下ろした。

「これなら一升《しょう》でも食べられますよ、嘉久《かきゅう》」

本当にそうしかねない勢いで、鮎飯を食べながら老人が言い、一同がわっと朗笑《ろうしょう》した。それを折りに、剃髪のお客は静かに箸《はし》を置く。そして、膳の上にお代を載せると、目立たぬように入口の方へ向かった。澪は急いで勝手口から表へ回る。

「ありがとうございました」

美味しそうに平らげてもらえて嬉しかった、という感謝の思いを込め、澪は一礼した。男は澪の前掛けに目を止めて、

「あなたがこの店の料理人なのか」

と、問いかけた。

澪が、はい、と頷くと、そうか、あなたが、と繰り返し、澪をじっと眺めた。

「気の晴れないことがあったのだが、鮎飯を胃の腑《ふ》に納《おさ》めていくうちに、何とも言えず幸せな心持ちになった。さほどに旨かった」

ありがとう、と会釈して、男は九段《くだん》坂へと足を向ける。汗かきなのだろう、甕覗《かめのぞ》きの帷子《かたびら》の背中に、大きな汗じみが出来ていた。

初めてのお客なのだが、妙に心に残った。


「やはり、つる家の鮎飯は絶品です。あまりの美味しさに、ふたりして四膳ずつ、平らげてしまいました」

挨拶《あいさつ》に出た澪に、坂村堂は満足げに泥鰌髭《どじょうひげ》を撫でてみせる。ふたつの膳の上には、舐《な》めとったように綺麗《きれい》になった器が並んでいて、料理人を喜ばせた。

そうそう、ご紹介が遅れましたね、と坂村堂は横の老人を示す。

「こちらは日本橋佐内町の旅籠《はたご》、『よし房《ふさ》』のご店主です。私が幼い頃からお世話になっているひとなんですよ」

老人は房八《ふさはち》と名乗り、居並んだつる家の面々に、ごく浅く頭を下げた。

「今夏は青物の出来が悪いこともあり、さほど期待せずにいたのですが、いやはや、この店の鮎飯の旨いこと。驚きました。さすが、嘉久の味覚は父親譲《ゆず》りだ」

おや、と店主種市が、坂村堂と房八を交互に見る。無言の問いかけを感じて、房八は種市に頷いてみせた。

「嘉久の父親の柳吾《りゅうご》は、私の幼馴染《おさななじ》みでしてね。生まれ年も生まれ月も同じ、小さい頃から悪さばかりした仲です。今でこそ、ともに良い年をして隠居もせず、それぞれに店を守ることが生き甲斐《がい》になってますがね。しかも、お互い、男やもめの身で」

「坂村堂さんのご実家は」

好奇心を抑《おさ》えきれずに、おりょうが坂村堂の傍《そば》まで膝行《しっこう》して問うた。

「やっぱり版元か何かなんですか？」

坂村堂は弱った顔で泥鰌髭を触っている。代わりに房八が答えた。

「料理屋ですよ、日本橋の『一柳《いちりゅう》』という」

「何だって、一柳だあ」

種市の声が裏返る。

店主の狼狽《うろた》えように、おりょうはわけが分からず、困った顔で澪を見た。澪にも、それに芳にも、その名に覚えがあった。

「確か、料理番付の……」

芳が低い声で呟《つぶや》くと、房八は大きく頷いた。

「行司役《ぎょうじ》ですよ。数多《あまた》ある江戸の料理屋の中でもその趣き、料理の質の高さ、客筋の良さにおいて別格なのです。それゆえ例年、料理番付の行司として名が載るのです。柳吾は『番付には一切関《いっさいかか》わっていないのに、勝手に店の名を載せられた』と怒っていますがね」

そう言われて思い至ったのだろう、おりょうが、ああ、と手を打ち鳴らした。

「番付表の真ん中、目立つ大きな文字で書いてある、あれがそうなんですね。ちょいと、坂村堂さん、どうして今の今まで内緒にしてたんですよ」

あとの方を少し恨《うら》みがましく言って、おりょうは坂村堂をやんわり睨《にら》んだ。

「いやぁ、それは」

弱った顔で泥鰌髭を撫で続ける坂村堂に替わって、房八がおもむろに答える。

「柳吾は、こと料理に関しては容赦《ようしゃ》がなかったですからねえ。とりわけ、跡取りの嘉久には幼い頃から厳しかった。おかげで嘉久は家業を嫌い、家を飛び出すようにして耕書堂《こうしょどう》という版元へ奉公に上がったんですよ。柔和《にゅうわ》そうに見えて、柳吾も嘉久もどうしようもない一刻者《いっこくもの》。今さら互いに縁者だとは、口が裂けても言えんのでしょうな」

ほっほ、とふくよかな体を揺らして笑うと、懐《ふところ》から三《み》つ巻《まき》を取り出した。そして何を思ったのか、立ち上がって芳の傍《かたわ》らへ行くと、その細い手を取った。

「滑《なめ》らかな肌だ。実に美しい」

手の甲をすべすべと撫で、不意のことで顔を強張《こわば》らせる芳の掌《てのひら》を開かせて、小粒銀《こつぶぎん》を載せた。あまりに素早い上に悪びれない仕草で、居合わせたものは呆気《あっけ》にとられている。

「釣りは要《い》りませんよ」

房八はそう言うと、坂村堂を急《せ》かして帰ってしまった。

「あの年寄りがご寮《りょん》さんの手を握った時は、あたしゃびっくりしましたよ」

座敷を片付けながら、おりょうはぶつぶつ零《こぼ》す。

「歳《とし》が歳だから見逃したんですがね。まぁ、悪さも出来ないでしょうし」

おりょうさん、そいつぁあんまりだ、と店主は情けなさそうに身を捩《よじ》った。

「よし房の旦那は、俺より二つ三つ若そうだぜ。大体、男なんてもんは幾つになっても、女に弱いもんさね」

座敷のふたりの遣《や》り取《と》りは、調理場で洗い物をしている芳と澪の耳にも届いた。澪は気《き》遣《づか》う眼差《まなざ》しを芳に向ける。それに気付いて、何でもない、という風に芳は微笑んでみせた。そう言えば、と芳は思い出したように口を開く。

「坂村堂さんは一柳の縁者だしたんやなあ。道理で口が肥《こ》えてはるはずや」

ええ、と相槌《あいづち》を打ちながらも、料理番付を競《きそ》う土俵には立たず、行司に名を連《つら》ねる料理屋、というものが澪には今ひとつ、わからない。

外では雷鳴が轟《とどろ》き、漸《ようや》くひとびとが待ち望んだ雨になろうとしていた。


房八も話していた通り、今夏は青物が思わしくない。

茄子《なす》は皮が分厚くて口に障《さわ》る。胡瓜《きゅうり》は身に張りがない。良い青物もあるにはあるのだが、割高な上に登龍楼《とりゅうろう》などの大きな料理屋に押さえられてしまっていた。つる家の夏の定番になった「ありえねぇ」こと蛸《たこ》と胡瓜の酢の物、忍び瓜《うり》、それに茄子を蒸して吸い地に浸《ひた》したものの味が、常とはやはり違った。

「これぱっかりは仕様がねぇ。この間から恵みの雨もたっぷり降ったことだし、じきに良いのが出回るさ」

店主の種市はそう宥《なだ》めるのだが、澪は唇《くちびる》を噛《か》むばかりだ。

青物が駄目《だめ》なら、と色々工夫《くふう》を重ねてはみた。季節ごとの「旬《しゅん》」とは関係なく、年中手に入るものを「時知《ときし》らず」と呼ぶのだが、例《たと》えば乾物《かんぶつ》や豆腐、玉子、粉類などがこれにあたる。澪はこの「時知らず」をよく用いた。

切り干し大根、干瓢《かんぴょう》、大豆《だいず》、それに最近は豆腐を頻繁《ひんぱん》に使うようになった。よく冷やした奴《やっこ》や、軽く炙《あぶ》った味噌《みそ》田楽《でんがく》、梅土佐豆腐に揚げ出し等々、美味《おい》しいし、お客からも好まれるのだが、重なると飽《あ》きる。とにかく一日も早く良い青物が出回るように、と祈るばかりだ。

「おっ、また暗くなってきやがった」

日暮れまでまだ刻があるはずが、外は暗い。店主は、勝手口から狭い空を覗き見た。

「今日は七夕《たなばた》だってぇのに、雨になっちまうな、こいつぁ」

織姫も彦星も気の毒に、と店主はのんびりと空を眺めている。

果たして夜、大雨になった。激しい雨脚《あまあし》に、もはや暖簾を潜る者は居ない。早終《はやじま》いを決めた店主に従って、奉公人たちは手分けして片付け始めた。

井戸《いど》端《ばた》に桶《おけ》を置いたままにしていたのを思い出して、澪は慌てて外へ出た。強い雨が屋根を叩《たた》き、地面を打つ。一面水浸しの路地に、身が震えた。

雨は苦手なのだ。ことに激しい雨は。

手探《てさぐ》りで桶を探し当て、胸に抱《かか》え込む。肘《ひじ》を頭に翳《かざ》して雨をよけながら、勝手口に飛び込んだ。雨が吹き込むのを避けるために引き戸を閉じようとした、その時。外側から強い力でそうはさせまい、とする者が居た。

「おい、俺を締め出す気か」

聞き覚えのある声に澪は驚いて、外を見た。無残な姿になった傘《かさ》と提灯《ちょうちん》を手に、濡《ぬ》れ鼠《ねずみ》の男が立っていた。

「小松原《こまつばら》さま」

悲鳴のような澪の声に、種市が飛んできた。

「何だぁ、小松原さまだぁ」

小松原は返事の代わりに、大きなくしゃみをひとつした。

男物の小汚い袷《あわせ》が、衣紋《えもん》掛《か》けに広げられている。店主の単衣《ひとえ》を借りたものの、小松原は先ほどからくしゃみを繰り返した。

「一体、こんな雨の日にどうしちまったんだよぅ、小松原の旦那」

酒を勧《すす》めながら種市が問うと、小松原は、

「どうにも親父《おやじ》と呑《の》みたくなった」

と、にやり笑った。

「嬉しいことを言ってくれるねぇ。さあさ、きゅっとやってくんな」

長い宴《うたげ》になりそうなのを察して、芳は、旦那さん、と呼びかけた。

「小降りになったらお暇《いとま》させて頂こうと思うてましたが、今夜は澪とふたり、こちらへ泊めて頂いても宜《よろ》しおますか？」

「ああ、そうしな、そうし……」

繰り返しかけて、種市は、こいつぁいけねぇ、と自分で額をぴしゃりと叩いてみせる。そうして、酒の入った徳利《とっくり》を抱えると、そそくさと板敷を下りた。

「お澪坊、済まねぇが、俺は何だか急に眠くなっちまった。あとは頼んだぜ。ふき坊、そんなとこでぴょんぴょん跳ねてねぇで、お前もさっさとご寮さんと寝ちまいなよ」

三人そろって調理場を出ていくその後ろ姿を、小松原は怪しむ眼差しで見送っている。澪は先刻から無言で、男の横顔を見ていた。

随分と痩《や》せたようだ。耳の下から顎《あご》にかけての線が鋭くなっている。顔色が悪いのは、雨に打たれたためだけか。御膳奉行《ごぜんぶぎょう》という重責を思い、澪の心は乱れた。

男は、澪の視線に気付いたのか、

「何か食わせてくれ」

と言うと、板敷にごろりと横になった。

七輪に置いた網が焼けるのを確かめて、茄子を炙る。黒焼きにして皮を外《はず》すと、小松原の苦手な生姜《しょうが》は使わず、替わりに削り節をたっぷりと載せて醬油《しょうゆ》を回しかけた。

越瓜《しろうり》は雷干《かみなりぼ》しにしたものをさっぱりと酢の物にして、最後、煎《い》りたての胡麻《ごま》を指先で潰《つぶ》しながらあしらう。七夕にちなんで、少しだが素麺《そうめん》も用意した。素材そのものの味は落ちていても、少しでも美味しく食べてほしい、と願いながら、膳に並べた。

「お、出来たか」

むっくり身を起こすと、澪に酒を注《つ》いでもらって、旨そうに呑み始める。

「今の青物は、料理人泣かせだな」

もぐもぐと焼き茄子を食べながら、小松原は軽く頭《かぶり》を振ってみせる。

「茄子も越瓜も、どれも残念な出来だ。まあ、自然が相手のことだ、仕方あるまい」

お澪坊の腕も泣いているな、とぬけぬけと言ってのける男のことが、澪は急に小憎らしくなった。

「でしたら今後は、小松原さまには、雑巾《ぞうきん》の煮たのと、古草履《ふるぞうり》を漬け焼きにしたのを山盛り、お出しするようにします」

ぶっ、と小松原が呑みかけの酒を噴いた。いつもながら、そんな男の様子が可笑《おか》しくて、澪は片手で口を押さえ、ふふふ、と肩を揺らす。なかなか笑い止《や》まない娘のことを、唇を捻《ね》じ曲げて眺めていた小松原だが、つい、つられてほろりと笑った。盃《はい》を重ね、料理を平らげるうち、男の纏《まと》っていた重い影のようなものが薄らいでいく。それが澪には嬉しくてならなかった。

「おっ」

小松原は、盃の手を止めて、耳を澄ませた。強く屋根を叩いていた雨音が消えている。澪は、湿気で膨《ふく》らんだ引き戸を軋《きし》ませながら、半分ほど開いた。篠突《しのつ》く雨は過ぎ、今は霧雨となっていた。澪の脇から外を覗いて、頃合いだな、と男は呟いた。

「どれ、帰るとしよう」

それまでの風を孕《はら》む帆のような気持ちが、男のひと言で萎《しぼ》んでいく。澪はしかし、寂《さび》しさを表には出さずに、男のために傘と提灯の用意をした。

「着物は借りておく。近いうちに返しにくる、と親父にそう伝えてくれ」

丸めた袷を小脇に抱える、その顔に血の色が戻っていることに、澪はほっとする。

「今日は七夕だったな」

霧雨の天を見上げながら、生憎《あいにく》だな、と男は呟いた。男の持つ提灯の灯が、九段坂を上り、闇《やみ》の彼方《かなた》に溶けてしまっても、澪はずっとその場に佇《たたず》んでいた。

雨のあとの湿気で、江戸の町は朝からむっとする暑さだった。仕入れから戻った種市は、水を被《かぶ》ったごとく汗まみれになっていた。

「お澪坊、悪いが水を一杯」

こちらに背中を向けている料理人に声をかけたが、返事がない。水を頼むよ、と再度、呼びかけたが、料理人は微動だにしなかった。店主は流れ落ちる汗を拭《ふ》き拭き、娘の背後からその手もとを覗き込む。俎板《まないた》の上に置かれているのは、麩《ふ》だった。

「お澪坊、一体そんなものをどうするつもりだよぅ」

不意を食らって、澪はぎくりと店主を見た。

「済みません、旦那さん、お帰りになってたんですね」

「それより、麩で何か作ろうってぇのかい？」

澪は頭を振った。時知らずを使って、何かつる家でしか食べられない料理を作りたい。昨日、小松原が帰った時からずっと考えていた。青物の出来の悪い時でも、変わらず美味しく食べてもらえるような料理を作りたい。干瓢やら凍《し》み豆腐やらを並べてみて、たまたま手に取ったのが麩だったのだ。

そう言えば、と澪は棒状の麩を指し示して店主に問う。

「旦那さん、江戸には生麩はないんですか？」

生麩、と店主は繰り返し、

「お澪坊、生麩ってなぁ一体何だよぅ。麩ってなぁ、この通り焼いてあって、軽くて日持ちするもんだろ。生ってどういうことだ？」

と、首を捻った。

やっぱり、と澪は呟く。

大坂では馴染み深いのに、江戸に出て以来、見かけたことのない食材は幾つもある。生麩もそのひとつだ。生麩とは文字通り、乾いていない生の麩のことである。うどん粉を水でよくよく捏《こ》ねて寝かせた生地《きじ》を、今度は水に晒《さら》して揉《も》み洗い。でんぷんを綺麗さっぱり洗い流したところで、ねばねばしたものが残る。これが生の麩なのだ。

京坂では、麩師と呼ばれる者が下帯《したおび》だけで大きな桶に入り、終日、足で生地を踏む姿を見ることができた。幼い日、母に言われて麩屋へ生麩を買いに行ったものだ。

「うーん、生の麩かぁ。うどん粉を使うなら、俺ぁうどんの方が食いたいがなあ」

澪の話を聞いても、味が想像できないのだろう。旨いのかい、と問われて、澪は深く二度、頷いてみせた。

「串《くし》に刺して、味噌をつけて炙った生麩田楽ほど美味しいものはないですよ。豆腐と違ってもちもちしていて、炙ると焦《こ》げ目が」

思わず涎《よだれ》が出そうになって、澪は慌てて口を押えた。そんなにかい、と店主はつられて涎を拭う仕草をした。

「よし、わかった。うどん粉を仕入れておくぜ。お澪坊、俺にもそいつを食わしてくんな」


幼い頃の記憶を引っ張り出して、うどん粉を半刻かけて捏ね、さらに半刻かけて水で洗ってみるのだが、思うようなものは出来ない。大量のうどん粉を用いて幾ら試《ため》したところで、ぐにゃぐにゃした奇妙な塊《かたまり》が僅《わず》かに残るばかり。これではあまりに店主に迷惑をかける。くよくよと悩むのだが、やはり諦《あきら》めきれなかった。

暦《こよみ》の上では秋を迎えたはずが、炎暑はその手を緩めない。日差しは過酷に地を焼き、ひとを焼いた。つる家では障子も引き戸も襖《ふすま》も、開くところは全て開け放《はな》って、風を呼び込んだ。下足《げそく》番のふきは頻繁に打ち水をし、少しでも心地良くお客を迎えようと腐心《ふしん》する。

「おいでなさいませ」

その日、書き入れ時を過ぎたつる家に、ふきの声が響いた。板敷で、汗まみれになりながら賄《まかな》いを食べていた店主は、

「今頃に来るお客と言やぁ、坂村堂さんかね」

と、間仕切りから座敷を覗いた。

入れ込み座敷では、とうに食事を済ませたお客がひと組、ゆっくりとお茶を啜《すす》りながら料理談義に花を咲かせている。鰯《いわし》は焼いたが旨いか、煮付けたが旨いか、という他愛《たわい》無い会話だ。新しいお客が芳に案内されてきたのだろう、店主が、傍らでうどん粉を捏ねていた澪の袖《そで》をぐいっと引っ張った。

「こいつぁ驚いた。見てみなよ、お澪坊」

布巾《ふきん》で手を拭きながら、澪は店主の脇から座敷を覗く。奥の席に着いた、豊満な年寄りの姿を認めて、あら、と声を洩《も》らした。

前回、坂村堂と一緒に来店した「よし房」の店主、房八だったのだ。

脳裏《のうり》に、芳の手を撫でていた房八の姿が浮かび、澪はそっと眉根を寄せる。だが店主は、嬉しそうに、

「坂村堂の旦那のお供なしで見えるとは、よっぽどうちの料理がお気に召したってことだよなぁ。ありがてぇ」

と、手を合わせる。それればかりか、こんなことまで言いだす始末だ。

「今時分《いまじぶん》まで昼餉にありつけなきゃあ、さぞかし腹が減っておいでだろう。お澪坊、気は心だ、俺用にとってあった山葵《わさび》があったろ、あれと蓴菜《じゅんさい》を出してくんな」

はい、と応《こた》えて澪は取り置いていた山葵《わさび》を手にした。

叩いた梅干しと茗荷《みょうが》、それに切り胡麻を混ぜ込んだ小ぶりの握り飯。鯵《あじ》の干物を炙り、素揚げした南瓜《かぼちゃ》を添える。味噌汁は赤出汁《だし》で、吸い口は蓴菜。それとは別に小鉢《こばち》に蓴菜を装い、走りの山葵をすり卸《おろ》して添えた。そろそろ旬を終えようとする蓴菜と、走りの山葵。ほんの短い間の出会いものは、澪のお勧めの食し方で、店主も大のお気に入りだった。

「あたしが持ってくよ」

料理が並んだ膳をおりょうが軽々と持って、座敷へと向かう。料理が房八のもとへ運ばれた頃、それまで調理場にまで届いていた朗らかな料理談義の声が、ぴたりと止んだ。おや、と思い、澪はもう一度、座敷を覗き見た。

「ほほう、名残《なご》りの蓴菜と走りの山葵とは、なんとおつなものを」

感嘆の声を洩らして、房八がごく上機嫌に小鉢の蓴菜を口に運ぶ。ふたりの先客は、老人の様子をじっと見つめていたのだが、ごくりと唾《つば》を飲み込むと、調理場へ戻ろうとするおりょうを呼び止めた。

「旨そうだな、こっちにも同じものを頼む」

「それは……」

即座に断ろうとしたおりょうを、芳がそっと呼んだ。房八に中座を詫《わ》びると、先客のもとへ行き、ただ今すぐにお持ちします、と丁寧《ていねい》に頭を下げる。あとをおりょうに託して、芳は急いで調理場へ戻った。

「旦那さん、聞いての通りでおます」

堪忍しとくなはれ、と頭を下げる芳に、種市は、構わねぇよ、と首を振った。

「よし房の旦那に罪はねぇが、あんなに大っぴらにされちゃあ、他のお客だって食いたくもなるさね。お澪坊、構わねぇから、同じものを出してくんな」

「はい、すぐに」

晩酌《ばんしゃく》の楽しみを失った店主を気の毒に思いながらも、澪は注文の品を仕上げて芳に渡した。ところが、である。望み通りのお菜を手に入れたふたりが、今度はこう言いだしたのだ。

「こんな旨《うめ》ぇもんを酒も呑まずに食え、という方が無理があるぜ」

「そうとも。一杯だけで良いから呑ませてくんな」

どこまで厚かましいのか、という感情を、おりょうは露骨に滲ませる。

「無茶いわないでくださいよ。うちは『三方《さんぽう》よしの日』のほか、お酒は出してないんでね」

しかし、お客の方は気が済まないらしく、なおも食い下がった。

「固いこと言うなって。ほかの客には、内緒にすりゃあ済むことだ」

見過ごすわけにはいかず、種市と澪は調理場から座敷へと急ぐ。怒りを爆発させる寸前のおりょうと、お客の間に、やんわりと芳が割り込んだ。相済《あいす》みまへん、と畳に両の手をつくと、芳はお客ふたりの顔を交互に見て静かに言った。

「私どもでは今日、お酒のご用意はいたしかねます」

穏やかだが、相手につけ入る隙《すき》を与えない、きっぱりとした断りの挨拶だった。ふたりは顔を見合わせて黙った。居心地が悪くなったのだろう、膳に銭を置くと、そそくさと立ち上がる。芳はふたりを表まで送り、

「三方よしの日にお待ちしてますさかいに」

と、最後は丁寧なお辞儀で締め括《くく》った。

一連の応対を見守っていた房八は、芳が戻ると盛大な拍手を送った。

「客に対し、出来ることと出来ないことの境目をしっかり伝える――客商売では、これが実に難しいのに、お前さんはいとも易々《やすやす》と、してのけましたねぇ。いやぁ、実に素晴らしい」

そりゃそうですよ、とおりょうが鼻を高くして応える。

「ご寮さんは、大坂の名料理屋の女将《おかみ》さんだったひとですからねぇ」

　ほほう、と房八は眩《まぶ》しそうに芳を見た。

「連れ合いは果報者だ。今もお達者かね？」

「いえね、それが三年前に亡くなられましてねぇ」

　律儀に答えるおりょうには一瞥《いちべつ》さえくれず、房八はねっとりと芳を見つめている。そのあからさまな態度に、澪は嫌《いや》なものを感じた。またしても芳の身体《からだ》に触れようと伸ばされた房八の手をさり気《げ》なくかわして、芳はさっと立ち上がった。

　果たしてこの日を境に、房八は連日、つる家へ通うようになったのである。無論、目当ては芳だった。


「坂村堂さんには悪いんですけどねぇ」

　汚れた器を洗っていたおりょうが、顔をしかめて、座敷の方を顎で示す。

「厄介《やっかい》なひとを連れてきたもんですよ。暑苦しいったらありゃしない」

　おりょうに言われるまでもなく、房八が姿を現すと、つる家の面々は揃《そろ》ってどんよりとした心持ちになる。今も座敷から、房八の上機嫌な声が響いていた。

「老い先短い年寄りの頼みですよ、お芳さん、そう邪険《じゃけん》にしないでください」

食べ終えるまで傍にいてくれ、と懇願《こんがん》する老人に、芳は手を焼いている様子だ。一昨日は小間物商、昨日は呉服商を伴ってつる家を訪れ、芳に似合うものを誂《あつら》えようとした房八なのである。きっぱりと拒《こば》まれて貢《みつ》ぐことは諦めた替わりに、今度は泣き落としにかかり、少しでも芳を傍に置こうとしていた。

困ったもんだ、と座敷を覗いて、種市は重い吐息をひとつ。

「歳をとると、ひとってのは寂しくて堪《たま》らなくなる。俺もこの歳だ、よし房の旦那の気持ちがまるでわからねぇわけじゃねえよ。けどなぁ」

自身も六十七になる種市は、さらに吐息を重ねた。

「無理強《じ》いはみっともねぇや。あれじゃあご寮さんの方が参っちまう」

ほんとですよ、とおりょうは相槌を打ったものの、少し考え直したらしい。ただねぇ、と言葉を足す。

「あたしゃ、ご寮さんが今のままなのは、あまりに勿体《もったい》ない、とは思うんですよ。あんながつがつした野暮天《やぼてん》の年寄りなんかじゃない、もっと歳の近い、どこか大店《おおだな》の旦那の後添《のちぞ》いにおさまって、女将としての采配《さいはい》を振るなんてのが、ご寮さんには、いかにもはまり役だと思いますがねぇ」

ざばん、と水の跳ねる音がして、澪は自分の手からうどん粉の生地が落ちたことに気付いた。

「大丈夫か、お澪坊」

「済みません、大丈夫です」

おろおろと、手拭いで周囲に飛び散った水を拭いて回る。おりょうの言葉に酷《ひど》く狼《ろう》狽《ばい》していることに、自分でも驚いてしまった。

嘉兵衛《かへえ》が泉下《せんか》の客となって、三年。ずっとこのまま芳との暮らしが続くもの、と信じて疑わなかった。ふたりで母娘のように肩を寄せ合って生きるのだ、と。おりょうに言われるまで、芳の女としての幸せを考えたことがなかった。

動揺をふたりに悟られないように、勝手口を抜け出して、井戸端へ出た。膝《ひざ》を抱えて蹲《うずくま》り、澪は揺れる思いにじっと耐えた。


ちりり、ちりり。

裏店《うらだな》の軒下《のきした》で、釣り忍《しのぶ》が可愛《かわい》い音で鳴っている。深夜になって風が出てきたようだ。寝付けない澪は、そっと半身を起こして、優しい音色《ねいろ》に耳を傾けた。

明日は文月《ふづき》二度めの「三方よしの日」。そろそろ秋の気配が感じられても良い頃なのだが、炎暑の厳しさは変わらず、釣り忍の運ぶ涼に慰《なぐさ》められる。佐兵衛《さへえ》が釣り忍売りをしている、という話を富三《とみぞう》から聞かされたこともあり、立秋《りっしゅう》を過ぎたあとも、芳は釣り忍を仕舞おうとはしなかった。

「どないした、澪」

闇の中で、芳の柔らかな声がした。

「何ぞ、悩みでもあるんか？」

「いえ、ただ……思《おも》うような生麩が作れないので、悩んでいるんです」

芳の女としての幸せを考えることが怖《こわ》い。何より、それを怖いと思ってしまう我が身の身勝手さが恐ろしかった。だが、さもしい胸の内を芳に打ち明けるわけにはいかない。悩みをすり替えて話す澪の言葉を、芳は黙って聞いていた。

ちりり、ちりり。

澪の心の揺れに合わせるかのように、釣り忍は鳴り続けている。

文月、十三日。

風の中に仄《ほの》かに線香の匂《にお》いが混じり、耳を澄ませば神保小路《じんぼうこうじ》のそこかしこ、読経《どきょう》の声が流れていた。明後日の盂蘭盆会《うらぼんえ》を前に、懐豊かなものも、倹《つま》しい暮らし向きのものも、それぞれが身の丈に応じて、先祖を迎え入れる用意にかかっている。物思いに耽《ふけ》りながら小路を抜け、俎橋に差し掛かったところで、澪はふと歩みを止めた。

青海苔《あおのり》ぃ、御師《おんし》土産《みやげ》の青海苔ぃ
ありがたやぁ、伊勢の青海苔ぃ
日頃は、この界隈《かいわい》で泥鰌《どじょう》を売り歩く棒手振《ぼてふ》りが、神妙な顔で青海苔を商《あきな》っている。澪と目が合うと、若い棒手振りは照れた顔で笑った。

「十五日までは、商いにならねぇからな」

今日から十五日までの三日間は殺生《せっしょう》をせず、魚や鳥獣など命のあるものは一切、口にしない――昔も今も、これを律儀《りちぎ》に守り通すものは多い。盂蘭盆会当日のみ精進《しょうじん》を守る我が身をふと省《かえり》みる。棒手振りの笑顔に釣られて青海苔をひと袋、買い求めた。

「旦那さん、お早うございます。あら」

つる家の勝手口から調理場へと入った澪は、そこに店主と話し込む又次《またじ》の姿を見つけて、声を上げた。

「又次さん、早いのねぇ」

藍染《あいぞ》めの単衣に真っ白な襷《たすき》をかけた吉原廓《よしわらぐるわ》の料理番が、その声に振り返る。澪を認めて、常は鋭い眼差しがふっと和《やわ》らいだ。

「つる家が三日精進を守るのかどうか、うっかり聞き漏らしちまったからな」

どんな献立《こんだて》にも備えられるよう、早めに顔を出したのだ、という。

「今、又さんと話してたんだが」

店主の種市が、畏《かしこ》まった顔で澪を見た。

「罰当《ばちあ》たりなことに、俺ぁ三日精進なんざ考えなかったが、中にはそれを守りたいお客もいるだろう。そうしたひとにも安心して暖簾を潜ってもらいてぇ。だから、悪いが今日から三日の間、精進料理で通してくれめぇか」

澪は心から、はい、と頷いてみせた。

「青物の出来が悪い上に、魚を使わない、となると、ちと厄介だぜ」

又次は言って、調理台に並べた茄子や胡瓜をひとつ、ひとつ、手に取る。思うようなものがないのだろう、表情が険《けわ》しい。ごろりと転がっていた蓮根《れんこん》を持ち上げた時、漸《よう》くその頰が緩んだ。出回り始めた早掘りの新蓮根だ。包丁で端《はし》を切り落として、又次は安堵《あんど》の息を吐く。

「根のものは良いな」

ええ、と澪も大きく頷いた。

「新ものの時期は過ぎてしまったけれど、滝野川の牛蒡《ごぼう》もとても良いです」

よし、わかった、と種市は掌を打ち鳴らす。

「蓮根と牛蒡をありったけかき集めて来るぜ。待っててくんな」

言うなり、種市は尻端折《しりはしょ》りして勝手口から飛び出していった。


牛蒡は皮をこそげ、笹《ささ》がきにして酢水に放つ。油揚げはざっと湯通しして、端から刻む。これらを具として、昆布出汁《こんぶだし》、酒、塩、醬油とともに炊き込んだかて飯は、牛蒡の歯触りが快《こころよ》くて、澪の好物でもあった。

「お、焦げ飯が混じってるぜ」

味見のために箸をつけた店主が、嬉しそうに目を細める。

「焦げ飯食うは出世せず、なんて言う奴もいるが、俺ぁお焦げが大好きなんだよぅ」

大きな口を開け、景気よく頰張る。しゃりしゃりと牛蒡を嚙む音が続いて、またひと口。

「この焦げたところがまた何とも……」

奥歯で焦げ飯を嚙み締めると、焦げた醬油の芳《こう》ばしい風味が口の中を占拠する。

いけねぇ、と店主は身を捩った。

「こいつぁいけねぇ、いけねぇよう」

種市の決め台詞《ぜりふ》が出たことで、澪はぱっと笑顔になる。果たして、その日、つる家の暖簾を潜ったお客たちは、料理人ふたりの工夫をこらした料理に満足しきりだ。

「まさかの焦げ飯には泣かされちまった。精進日でもこんなに旨いもんを食わしてくれりゃあ大満足だぜ」

「こりゃあ、夜がまた楽しみだ」

昼餉を食べ終えたお客たちが、口々に言って、再び仕事場へと帰っていく。

「よし房の旦那も、さすがにこの時期は来ませんね。お盆にまでご寮さんを追いかけ回すような罰当たりじゃなくて、あたしゃ、ほっとしましたよ」

おりょうが安堵したように呟いた。

七つ（午後四時）になると、酒と肴《さかな》を求めるお客で一階の入れ込み座敷、二階の小部屋ともに満席となった。日が落ちても暑さは続き、お客らは、冷えた酒に牛蒡と蓮根のかき揚げ、煎り豆腐や越瓜《しろうり》の酢の物などに舌鼓《したつづみ》を打つ。六つ半（午後七時）を回って、漸《よう》く新しい注文が途切れ始めた。

「親父さんから聞いたんだが」

鍋《なべ》を磨《みが》きながら、又次が問う。

「生麩とかいうのを作ろうと、随分と苦労してるそうじゃねぇか」

どうやって作るのか、と問われて、澪は桶に水を張り、作り置いていた生地を揉み洗いしてみせた。水はたちまち白濁《はくだく》する。

「何だ、糊《のり》を作るのか」

と又次に言われ、澪はとほほと眉を下げる。確かに、水の中に溶け出たものは、しょうふ糊といって紙を接着する糊になる。

「糊も作れますけど、違うんです」

五つ（午後八時）の店仕舞いまでの間、手すきを縫《ぬ》って、澪は濁《にご》った水を替え、幾度も水に生地を晒す。やがて水は濁らなくなった。

「これが、あんたの言う生麩なのか？」

商いを終えたつる家の調理場で、又次は澪の手もとを覗き込んでいる。澪は自信なさそうに、多分、と頷いた。

又次は難しい顔で、首を振ってみせる。

「澪さん、あんたにゃあ気の毒だが、とてもひとの食うものとは思えねぇよ」

手の中にあるのは、千切《ちぎ》れ千切れになったぶよぶよの得体《えたい》の知れないものなのだ。

確かに、と澪は項垂《うなだ》れた。

「でも、作り方は大きく間違ってはいないはずなんです」

幼い日、麩屋で職人が生地を足で踏み、水の中で揉み洗いしていた光景は今もはっきりと記憶に残っている。

「加える塩の割合を変え、水の分量をあれこれ試したんですが、知ってる姿にならなくて」

澪の言葉に、又次は手を伸ばしてぶよぶよしたものを捉え、指先で引っ張って感触を確かめる。

「長く料理にかかわっちゃいるが、こんな妙なものはついぞ知らねぇぜ」

又次は暫《しばら》く考え込み、ふと思いついた顔で澪を見た。

「うどん粉、塩、水。このほかに何か入ってるんじゃねぇのか。あんたがこれだけ試しても辿《たど》り着けてないなら、何か、決め手となる材料が抜けてると考えた方が良い」

又次の言葉に、澪は考え込んだ。いつまでもそうして動きそうにない娘に、又次は、

「遅くなっちまった。そろそろ帰る仕度をしな」

と、急《せ》かした。

気が付けば、店内に居るはずの芳や種市たちの姿がない。灯《あか》りの消えた内所《ないしよ》を覗く澪に、又次は、外じゃねぇのか、と顎をしゃくってみせた。

丸みを帯びた優しい月が、頭上の高い位置にあって、辺《あた》りを青白く照らしている。

路地を抜けて表へ回ると、店の前に蹲《うずくま》る影が三つ。種市と芳とふきだ。声をかけようとして、澪は留《とど》まった。

三人の足もとに、小さな炎が揺れている。素焼きの皿の上でおがらが燃やされているのを見て、澪はそれが迎え火であることに気付いた。橙《だいだい》色の炎から薄い煙が立ち、真《ま》っ直《す》ぐに天へと昇っていく。

「御迎え火は夕暮れに焚《た》くもんだが、おつるよぅ、遅くなっちまって堪忍してくんな」

煙の行く先、種市が洟《はな》を啜りながら、娘の名を呼んだ。

「おつるよぅ、遅れついでだ、ご先祖さまのほかに、ふき坊のお父つぁん、おっ母さん、それにご寮さんの旦那も一緒に連れて戻ってくんな。それと」

よろよろと立ち上がり、種市は声を張る。

「お澪坊の父ちゃん母ちゃんも一緒に頼むぜ。三日の間、このつる家で皆一緒に過ごそうじゃねぇか」

ふきが立ち上がって、閉じていたつる家の引き戸をそっと開ける。風が生まれたのか、薄い煙はつる家の方へと流れた。

三日精進が終わり、十六日の送り火を済ませると、亡きひとの面影を大事に胸に仕舞い込んで、つる家の面々もいつもの日々に戻る。そして、ここ数日、姿を見せなかったあの人物も、つる家の入れ込み座敷に戻った。

「見るからに暑っ苦しいねぇ。主が油売って、旅籠の方は大丈夫なのかね」

常は坂村堂と清右衛門の定席に、肥え太った老人が悠々と座るのを間仕切り越しに見て、おりょうは吐き捨てた。

調理場から覗かれていることに気も払わず、房八は腕を伸ばして、芳の手を握ろうとした。おっといけねぇ、と種市は洟らし、慌てて座敷へ戻る。おりょうもお茶を運んでいったきり、なかなか帰らない。なりゆきを気にしながらも膳を整えて、澪自ら座敷へと運んだ。

「旦那、幾度も申し上げてますがね、こういうことをされちゃあ困るんですよ」

畳に置かれた袱紗《ふくさ》に、簪《かんざし》が載っている。それを房八に押し戻しながら、種市が珍しく強い口調で言った。房八はむっとした顔で種市を見る。

「どうしてそういう話になるんですかねぇ。私はただ、女房の形見の品をお芳さんに使ってほしいだけなんですよ。何も店主のあなたが、口を挟むようなことではないはずです」

澪は膳を房八の脇へ置くと、袱紗の簪に目をやった。真っ赤な大粒の珊瑚《さんご》玉だ。芳が富三に騙《だま》し取られた、嘉兵衛の形見の品を思い起こさせる。芳の心中を慮《おもんぱか》って、澪は唇を噛んだ。

「よし房の旦那さん、私からもきっぱりとお断り申します」

少しばかり震える声で言うと、芳は一礼して調理場へと下がった。

「お芳さん、待ってくださいよ」

あとを追おうとする房八の前におりょうが仁王《におう》立ちになる。種市と澪もこれに加勢して、房八の行く手を阻《はば》んだ。房八は白《しら》けた顔になり、ゆっくりと腰を落として袱紗ごと簪を拾い上げる。ついでに膳の上にお代を置くと、

「とんだ邪魔をしましたね」

と、言い捨てた。それでも安心できず、種市と澪は房八を表まで送り、丸く肥えた背中が俎橋を渡っていくのを確かめる。橋の途中、誰か知り合いと出くわしたのだろう、房八は足を止め、立ち話を始めた。その相手の顔を認めて、種市と澪は驚いた。

神田旅籠町の医師、源斉《げんさい》だったのだ。

「ってことは、何ですかい」

房八が去ったあと、強引に店に引っ張り込んだ源斉に、種市は問うた。

「よし房の旦那は、源斉先生とは顔馴染みってわけなんですかぃ」

ええ、とよく事情の呑み込めない様子の医師は、戸惑《とまど》いながらも頷いた。

「日本橋界隈にはよく往診に行きますし、よし房は老舗《しにせ》の旅籠ですから」

「もしや旦那は源斉先生の患者ですかい？」

畳み込むように問われて、ええ、とやはり戸惑いながら医師は頷く。房八に関して、どうやらここに居る皆が快く思っていないらしい、というのは察したものの、その理由がわからないのだろう。源斉は困惑顔だ。

「つまり、よし房の旦那は源斉先生の言うことなら聞く耳は持ってる、てことだ」

種市は独り言のように洩らして、おりょうと澪をちらりと見た。店主の気持ちを汲《く》んで、ふたりはさっと席を外し、調理場へ戻る。調理場では、芳が幾分青ざめた顔で、布巾の綻《ほころ》びを繕《つくろ》っていた。

「澪ちゃん、夕餉の献立に牛蒡を使うんだろ？　井戸端で洗って来ようか」

おりょうが澪に、そっと目配《めくば》せしてみせる。座敷の会話を芳の耳に入れたくないのだ、と悟って、お願いします、と澪は頷いた。

「ご寮さん、手伝っておくれでないか」

おりょうは芳が頷くのをみると、泥のついた牛蒡の束をよいしょ、と持ち上げた。

ふたりが出るのを確かめて、澪は勝手口の引き戸をそっと閉めた。

「俺だって男だ、惚《ほ》れた女を何とか、てぇ気持ちはわかりますぜ」

気持ちが高ぶっているのだろう、種市の声は、徐々に大きくなっていく。

「たとえ周りから嗤《わら》われても、何とかして、惚れた相手を我が物にしたいと思うのが、男って生き物ですからねぇ。つくづく男ってのは馬鹿でさぁ」

短い沈黙があり、そうでしょうか、と応える源斉の静かな声が届く。

「我が物にしようなどとは思わない。ただ、そのひとの笑顔を見ているだけでこちらが励《はげ》まされ、涙を見れば胸が塞《ふさ》ぐ。打ち明けることなく終わるかも知れないけれども、そういう密《ひそ》やかな恋もあるかと思います」

まさにそのような恋をしている身。まるで自身の心のうちを見透《みす》かされてしまったようで、澪は右の掌を小さく拳《こぶし》に握り、胸に置いて動揺に耐えた。

座敷の話し声はまだ続いている。澪は、土間伝いに入口へ回り、きょとんとしているふきに言葉もかけずに表へ出た。

九段坂は夕焼けの気配の中にあった。想いびとが歩いた、坂の中ほどに立つ。

七夕の夜、随分と痩せて疲れているように見えた男の面影を坂に重ねて、澪はじっと耐えた。

「澪さんではないですか」

背後から名を呼ばれ、澪は振り返った。坂村堂がにこやかに歩み寄る。潤《うる》んだ目をそれとは悟られぬようにさっと拭い、お久しぶりです、と笑顔で挨拶した。

「清右衛門先生に書いて頂いている戯作がなかなか捗《はかど》らなくて、つる家へ行くこともままなりません」

坂村堂は泥鰌髭を撫でながら零す。

房八のことを言おうか迷ったが、そうしない方が良いように思えて、澪は黙った。ふと、食通の坂村堂なら生麩を知っているかも、と考えつく。

「生麩、ですか」

坂村堂はあからさまに顔をしかめた。眉をひそめ、澪からすっと視線を逸《そ》らす。温和な版元がここまで不快を露《あらわ》にするのを、目にしたことはなかった。自分の何が坂村堂をそこまで憤《いきどお》らせたのかわからずに、澪はおろおろと狼狽《うろた》える。

「よし房の主に聞いたのですか」

視線を外したまま、坂村堂は低い声で問いかける。その意味がわからず、澪は、眉を下げたまま頭《かぶり》を振った。

「時知らずで何か美味《おい》しいものを、と考えていて、江戸にはない生麩を作ろうと思ったんです。幼い頃に大坂で目にした麩屋の様子を思い出しては、色々と試すのですが、思うようなものにはならなくて」

しどろもどろに娘が話すのを聞くうちに、坂村堂の顔から怒りが引いていく。よし房とは全《まった》く関係のないところで澪が生麩に辿り着いた、と察したのだろう。坂村堂は安堵したように、そうだったのですか、と頷いた。

「大昔は生の麩しかなかったんですよ。けれども、日持ちしませんし、遠くには運べませんからね。焼麩が出来れば、あっという間にそちらが主になったのでしょう」

生麩といえば、京坂、ことに京が有名で、かつては、京の生麩に叶《かな》うものを、というのが江戸の麩師たちの悲願でもあった。だが焼麩の登場によって、生麩は忘れられてしまった、と坂村堂は澪に教えた。八十年ほど前に書かれた料理書の中にも、麩《ふ》膾《なます》という料理が登場するが、そこで用いられているのも焼麩なのだ、とのこと。

「坂村堂さんは本当によくご存じですねぇ」

澪は感嘆の吐息を洩らした。坂村堂は複雑な面持《おもも》ちで、澪を見る。暫《しばら》く躊躇《ためら》っていたが、やがて思いきったように唇を解いた。

「練った生地のままでは、生麩にはなりません。蒸すか茹《ゆ》でるかしないと」

まあ、と澪は驚いて目を見張る。生麩、という名前なのだから、生のままだと思い込んでいた。坂村堂は、翳《かげ》りのある眼差しを天に向け、独り言のように呟いた。

「それに、ただ、うどん粉を練って水洗いしただけでは駄目ですよ。もち粉を加えねば、扱うことは難しいはずだ」

「もち粉？」

ふいに又次の声が耳に帰る。

――何か、決め手となる材料が抜けてると考えた方が良い
ああ、と澪は両の手を打った。

「失礼します」

澪は坂村堂に一礼すると、つる家目指して駆けだした。版元が何故《なぜ》、生麩の作り方を知っているのか、それを澪に教える時に何故、躊躇ったのか。澪は深くは考えなかった。

裏店の狭い路地を、弱い風が抜けていく。風を入れるために引き戸を少し開けているのだが、向かい側の家から伊佐三《いさぞう》とおりょうの鼾《いびき》が聞こえていた。夜は暗く、灯明《とうみょう》皿の僅かな明かりが作業の頼りだった。

形を保つことが出来ないぐにゃぐにゃの生地に、同量のもち粉を加える。互いに馴染みが悪いので、桶の中で包丁を使い、生地を刻みながら粉を混ぜ込んでいく。力を込めて混ぜ込むうち、汗が全身から噴いて出た。行儀が悪いと知りながら、袖で額の汗を拭う。

「澪、まだ休まへんのか？」

夜着《よぎ》を捲《めく》って、芳が起きた。澪の脇に立って、どないな具合や、とその手もとを覗き込む。生地はのした餅《もち》のようにしっかりと形を保っていた。

「もち粉を混ぜることで、ぐにゃぐにゃした生地がまとまって、扱いやすくなったんです」

坂村堂から教わって幾度も試し、こつも摑《つか》めるようになった。

なるほどなあ、と芳はほっと息を吐く。そして懐かしそうに続けた。

「天満一兆庵《てんまいっちょうあん》でも、よう春の花見の時期に、生麩田楽をお出ししたなあ」

麩屋に頼んで、蓬《よもぎ》を練り込んだ生麩を作ってもらい、それを田楽にしたものが花見の時期には好評を博した。

「もちもちして、甘い味噌がよう合《お》うて……。嘉兵衛によう笑われたけれど、私は表面の少し焦げたところが好きやった」

ふんわり微笑んでみせる芳に、けれど澪は寂しさが込み上げて、口を噤《つぐ》んだ。

七輪に載せた鍋に湯が沸いている。そこへ、赤子のこぶし大に千切った生地を落とす。火が通れば、串に差して七輪で炙る。表面に焦げが出来るのを、芳は、まあ、と嬉しそうに眺めた。さっと味噌を塗って、もうひと炙り。香ばしい味噌の匂いが、鼻《び》腔《こう》をくすぐった。

芳の胸に宿っている寂しさや哀《かな》しみを払拭《ふっしょく》できれば、と祈るような思いで、出来上がった串を差しだす。芳はそれを上品に口に運び、ゆっくりと嚙んだ。目を閉じ、じっくりと味わう。再び開かれた両の瞳《ひとみ》は、温かく湿り気を帯びていた。言葉を発する代わりに、芳は澪に頷いてみせた。澪も串を取り、口にした。

餅のようなむちむちした食感が心地良い。記憶の中の生麩までにはまだ少し距離があるけれども、大きく誤ってはいない。季節が違うので蓬は使えないが、伊勢の青海苔を練り込んだら面白いかも知れない。

「出来そうやなあ、澪」

「はい、ご寮さん」

頷き合うふたりの表情に、寂しさや哀しみは最早《もはや》、影を落としてはいなかった。

「このところ、よし房の旦那の顔を見ないから、あたしゃ、ほっとしてるのさ」

帰り仕度を整えながら、おりょうが澪を振り返った。

「やっぱり源斉先生のお蔭《かげ》だろうねぇ」

そうですね、と澪は頷いた。温和な源斉のことだ、相手の機嫌を損《そこ》なうことなく、上手に釘《くぎ》を刺してくれたに違いない。

「先生は腰が低いから、こっちもついうっかり忘れてしまうけれど、父親は御典医《ごてんい》さまなんだよね。そんなひとと懇意だと知れたら、よし房の旦那も、変な手出しは出来ないからねぇ」

朗らかな笑い声を残して、おりょうは太一《たいち》の待つ裏店へと帰っていった。

陽《ひ》が落ちても暑さは去らず、ふきは蚊遣《かや》りを焚いて、座敷に風を通す。それでも、やはり夏の真っただ中の煎られる暑さとは違う。

最後のお客を見送って、澪は天を仰《あお》いだ。北から南の空にかけて夥《おびただ》しい星々が帯状に霞《かす》む。天の川、とはよく名づけたものだ。

七夕の夜、近いうちに、と言ったはずの男は、まだ現れない。あのひとの「近いうち」とは何時《いつ》なのかしら。澪がそんなことを考えていた時だ。

「よう、下がり眉」

ふいにかけられた声に、澪は驚いて振り向いた。九段坂を、想いびとの持つ提灯の明かりが、揺れながら下ってくるのが見えた。

「この店は妙だ」

盃《さかずき》に口を付けながら、小松原は首を傾《かし》げる。

「俺が来たら、店主は急に具合が悪くなるか、眠気を訴える。ご寮さんとかいうのは、ここに泊まると言いだす。そして、小さいのはぴょんぴょん……そう言えば、今日は跳ねなかったな」

「寂しいんだと思います。この前の藪入《やぶい》りに弟と会えるのを楽しみにしていたんですが、弟が夏風邪《かぜ》を拗《こじ》らせて、会えないままになったので」

言いながら、澪は小松原の前に、薄く湯気の立つ器を置いた。これは、と男は皿の上のものを注視する。串を手にして鼻を寄せ、香りを嗅《か》いだ。

「味噌と青海苔の匂いがする。これは生麩ではないのか」

「そうです、生麩田楽です」

生麩とわかってもらえたことが嬉しくて、澪は頬を上気させた。

「何とか仕上がったので、明日、旦那さんに味を見て頂こうと思っているんです」

小松原は真剣な眼差しで生麩を見つめ、ゆっくりと口に運んだ。慎重に嚙み続け、時をかけて飲み下す。食べ終えて暫く、深く考え込んだ。

「どうやって作った」

問われて澪が手順を答えると、男は、ううむ、と唸《うな》り声を上げた。

「俺も生麩作りを試みたことがあるのだが、どうにもならなかった。もち粉を使うなど、よくもまあ思いついたものだ」

「教えてくださるかたが居たんです」

「教えたのは料理人か？　否《いや》、そんなわけはないな。秘中の秘とも言うべきものを、同業に教えるわけはない」

尋ねておきながら、小松原は自身で答えを出して、ちろりに手を伸ばす。

「これを献立に載せるのは、考えものだな」

「どうしてですか？」

澪が問いかけても、小松原は黙って酒を呑むばかりだった。

暖簾を出す前のつる家の調理場で、串を手にした店主とおりょう、それにふきが微妙な顔で試食をしている。口の中のものの正体を確かめるように、じっくりと嚙み締めていた。

澪と芳は、種市の「こいつぁいけねぇ」が飛び出すものと信じて疑わなかったのだが、あまりの静けさに胸騒ぎを覚えた。

口の中のものをすっかり飲み込んで、三人はさらに微妙な表情で黙り込んだ。そして三人とも、どうしようか、という顔で上目《うわめ》づかいに互いを見合っている。口に合わないのだ、と悟って、澪はその場に蹲《うずくま》りたくなる気持ちを必死で堪《こら》えた。

「どう言やぁ良いのかねぇ……」

歯切れ悪く、おりょうがまず口火を切った。

「あたしの知ってる麩とはまるで別物だから……えらく戸惑っちまったのさ」

そうさね、と種市も眉間《みけん》の皺《しわ》を解いて、澪を見た。

「もちもちというか、ぐにゃぐにゃというか……。この嚙み心地をどう言やぁ良いのか。俺《おら》ぁ長く生きちゃあ居るが、こんな食べ物は食ったことがねぇ。だからこれが旨いかどうか、どうにもわからねぇんだよ」

澪は項垂れて、唇を嚙む。食べたことがなくても、それが口に合うか合わないかは即座に判断がつくはずだ。とろとろ茶碗蒸しがそうだったように。遠回しの言い方ながら、ふたりに拒まれたことは確かだった。

この生麩に辿り着くまで、随分と大量のうどん粉を使った。全て無駄になったのか、と思うと、何とも情けなかった。萎《しお》れた料理人の姿を見て、店主はこう提案する。

「そろそろ青物も良いものが出回りそうだし、何も無理して生麩田楽ってぇのを出さなくても良い、と俺ぁ思うぜ。けれど、お澪坊がここまで精進してくれたんだ。試しにお客に食ってもらって、様子を見ちゃどうだい」


その日、つる家の暖簾を潜ったお客たちは、膳を前に、一様に首を傾げた。

膳の上には、牛蒡たっぷりの泥鰌汁、青紫蘇《じそ》と切り胡麻の握り飯、茄子の芥子《からし》漬け。いつも通りに美味《おい》しそうなのだが、今日は他にもう一品、小判型の平皿に串が一本載っている。一寸足らずの小さいものが刺さっているが、その正体がわからないのだ。鮮やかな緑色の生地には薄く焦げ目がつき、甘味噌が塗られている。鼻を近づけて匂いを嗅げば、味噌の焦げた芳ばしい香りに、磯の香がふわりと混じる。

「親父、こいつぁ一体何でぇ」

お客に問われた店主は、内心の不安を隠し、

「生麩田楽てぇ料理だよ。お代は要らねぇから、まあ、ちょっと味をみてくんな」

と、極《きわ》めてそっけなく答えた。

生麩田楽、と繰り返して、お客たちは恐る恐る串を口に入れた。もぐもぐと噛み締めて、また一斉に首を捻る。

「ぐにゃぐにゃして、気持ち悪いな」

「餅でもない、蒲鉾《かまぼこ》とも違う。食ってみてもわからねぇ」

何とも気に入らねぇな、と口から吐き出す者まで現れた。

「只《ただ》ってぇから食ってみたが、こっちが銭をもらいたいほどだ」

あまりの言われように、様子を窺《うかが》っていた澪は、へなへなと座り込んでしまった。

大坂の味を江戸っ子の口に合うように、心を砕いて料理を出してきた。粥《かゆ》嫌いの江戸っ子にも喜んでもらえる小豆《あずき》粥を作り、馴染みのない茶碗蒸しや酒粕《さけかす》汁も受け入れてもらった。何時《いつ》しか、自分の作るものはきっと喜んでもらえる、と。それが当たり前になってしまっていたのだ。生麩という未知の食感は、江戸っ子の好みを大きく外していたのだろう。口から吐き出したくなるほどに。

自信を打ち砕かれ、その痛みに耐えるために、澪は暫くその場に蹲った。

「おいでなさいませ」

下足番のお客を迎える声が響いている。

心の乱れを料理に持ち込むことだけはするまい、と自戒を込めて、澪は一旦、襷を解くと、きゅっと締め直した。

「お澪坊、あんまり萎れねぇでくんなよ」

遅い賄いを口にしながら、種市は料理人を慰める。

「江戸っ子なんてもんは、固いか柔らかいか、はっきりしねぇと気持ちが悪いんだよ。だからあの噛み心地は好かねぇのさ」

澪が店主に詫びよう、とした時。

「旦那さん、大変、大変ですよ」

おりょうが調理場へ駆け込んで来た。

「暑苦しいのが来たんですよ」

「暑苦しいの？」

ああもう、とおりょうは地団駄《じだんだ》を踏む。

「よし房の旦那ですってば」

「何だって」

間仕切りから入れ込み座敷を覗くと、店主はおや、と首を捻った。

「今日は連れが居るのか」

気になって、澪も、脇からそっと覗いてみる。

ほかにお客の姿のない座敷、常は清右衛門と坂村堂の定席に、房八と、もうひとり。穏やかな風貌《ふうぼう》の初老の男が並んで座っている。夕方近いとはいえ暑さが去らない中、ふたり揃って黒の羽織《はおり》を身に着けていた。

芳は、と見ると、落ち着き払って料理の説明をしているようだ。房八の連れは、静かな眼差しを芳に向けている。

「案外、ご寮さんを正式に後添いにしたい、って申し出かも知れませんね」

おりょうが言うと、

「よせやい」

と、種市は目を剝《む》き、ともかくご寮さんと替わってくるぜ、と座敷へ向かった。入れ違いに芳が注文を通しに戻る。

「このあと、よそで夕餉のお約束やさかい、お汁《つゆ》とご飯は軽うに。あと、夕鰺があれば何ぞ、と言わはるさかい、酢締めをお勧めしました」

はい、と澪は応えて、調理台に向かった。

ご寮さん、とおりょうが芳に問いかける。

「よし房の旦那の連れは一体誰だい？　何か言われなかったかい？」

「別にお名乗りには……。ただ、料理の説明を丁寧に聞かはっただけだす」

そうかい、とおりょうは胸を撫で下ろす。

「こう言っちゃ何だけど、あの老いぼれの野暮天が、ご寮さんを後添いにしたいだなんて言い出したら、あたしゃ容赦しないよ」

「後添い……」

芳は一瞬絶句して、そのあと口を押えて笑いだした。

「おりょうさん、そないなてんご（悪ふざけ）言わはって。私はもう五十一だすで」

「ご寮さんは自分の値打ちを知らないのさ」

おりょうは、深々と溜《た》め息《いき》をついてみせた。


夕鯵を捌《さば》いて、身は酢で締める。骨は醤油で下味を付けて素揚げし、骨煎餅《せんべい》に。このあと夕餉の約束がある、とのことなので、負担にならぬよう、小さな俵型の握り飯をふたつと、名残りの蓴菜を赤出汁《だし》で。生麩田楽も作ってはみたものの、やはり膳に載せる勇気はなかった。田楽の皿を外して、澪は自ら膳を座敷に運んだ。

「おお、来た来た、来ましたね」

手を叩いて膳を歓迎すると、房八は太った体軀《たいく》を揺らせながら、連れにこう告げた。

「柳吾、お前さんの倅《せがれ》の嘉久が惚れ込んだ味ですよ」

「えっ」

種市と芳、澪、おりょうの全員が揃って、柳吾と呼ばれた男を見た。切れ長の細い目、しっかりとした鼻筋。顔の造作は似ていないのだが、何処《どこ》となく、温和な坂村堂と面差しが重なる。房八と同い齢《どし》ならば六十半ばのはずが、白髪も皺も少なく、肌に張りもあり、十は若く見えた。

「するてぇと……」

種市がおずおずと、男の前へ膝行する。

「坂村堂の旦那のお父上で？」

さて、と柳吾は、店主をじっと見据えて答えた。

「どなたのことでしょうか。すでに縁の切れた者のことなど、頭にないのですが」

それよりも料理を頂きますよ、と断って箸を取り、まずは赤出汁の汁を吸う。よく味わうと、次は握り飯。つぶさに見てから口へ運ぶ。

澪の頭にも、そして種市たちの頭にも、柳吾が料理番付の行司に名を連ねる料理屋
「一柳」の店主である、という事実が浮かんでいた。今まさに、つる家の料理が試されている、という思いで、四人は固唾《かたず》を呑み、柳吾の箸の動きを見守った。

酢締めを口にした時、柳吾は味に集中するように目を閉じた。坂村堂同様、うんうん、と頷いている。そうして膳の上のものを全て食べ終えると、静かに箸を置いた。

「この料理は、あなたが？」

傍らに控えていた澪に視線を投げて、柳吾は尋ねた。はい、と澪が頷くのを見て、

「どこの店で修業を？」

と、重ねて問うた。

「大坂にあった、天満一兆庵という店です」

刹那《せつな》、柳吾の双眸《そうぼう》がかっと見開かれた。だがそれはほんの一瞬のことで、驚愕《きょうがく》は即座に、そして巧《たく》みに隠される。澪自身が見間違えたのではないか、と思ったほどに。

ごほごほ、とわざとらしく房八が咳払《せきばら》いをした。

「柳吾、今日はただ料理を食べにきたわけではないですよ、ちゃんと見るべきところを見ておくれ」

言われて柳吾は苦笑しながら、種市の方へ向き直った。居住まいを正し、畳に手をつく。

「改めまして、『一柳』店主、柳吾と申します。ここにおります房八とは幼馴染みの仲で、先達《せんだつ》て『どうしても後添いに迎えたい女がいる。一度お前の目で見てほしい』

と頼まれまして」

芳、という名だから、自分と添えば屋号の「よし房」になる。これはもう運命なのだ、何とかしてくれ、と柳吾に泣きついた、とのこと。

「そ、そいつぁ」

種市が困惑した顔で、傍らの芳を見た。芳は息を詰め、身を強張らせている。

「おい、何もそこまで」

房八が狼狽《うろた》えて、柳吾の腕を押さえた。それをあっさり払い除《の》けて、柳吾は房八を諭《さと》す。

「こういう話は回りくどくしない方が良いのだよ、房八。中途半端に追い回すようなみっともない真似《まね》をするから、誤解されて、御典医の子息にまで釘を刺されてしまうのだ」

柳吾は視線を、房八から芳へ戻す。それを受けて、芳は畳に両の手を置いた。

「芳と申します。つる家でお運びをさせて頂いております。折角《せっかく》のお話だすが、お受け出来かねます」

解《げ》せませんな、と柳吾は難しい顔で腕を組んだ。

「よし房は、この江戸でも名の通った旅籠ですよ。後添いに迎えられれば、女将になるわけだ。お運びをしている者からすれば玉の輿《こし》ではないですか」

断る理由を問われて、芳は、夫を亡くして三年、最早、誰とも添うつもりもないこと、事情があって息子の帰りを待つ身であることを、淡々と告げた。

そうでしたか、と柳吾は頷き、ふと思い出したように芳に尋ねた。

「房八から、あなたがもとは名料理屋の女将だった、と聞きましたが、もしやその店の名は」

「天満一兆庵と申しました」

芳の答えを聞き、柳吾は、ちらりと澪を見た。ふたりが主従の関係にあったことを理解したのだろう、なるほど、と言ったきり、腕を組んだまま考え込んだ。

房八はがっくりと肩を落とし、一気に老け込んだようになる。誰も口を利かず、座敷は気まずく澱《よど》んだ。何を思ったか、おりょうはさっと立ち上がった。調理場へ向かい、皿を手に戻る。おりょうが持ってきたものを見て、澪は腰を浮かせた。先ほど膳に載せるのを止《や》めた生麩田楽だったのだ。

「一柳の旦那さん、一度、これを食べてみちゃもらえませんかねぇ」

その場の雰囲気を変えよう、と、おりょうなりに心を砕いたのだろう。

膳に置かれた平皿に目をやって、柳吾は、はっと瞠目《どうもく》する。

「これは一体……」

「うちの料理人が苦労して苦労して作った、生麩とか言うものなんですよ。あたしらは雅《みやび》な食べ物とは縁がないもんで、今ひとつ値打ちがわからないんですが、一柳さんなら、と」

おりょうの説明を聞き終えると、柳吾は串を手に取った。生麩田楽を仔細《しさい》に眺めてから、おもむろに口に入れた。じっくりと噛み進めるうちに、表情が険しくなる。鼻から息を大きく吸う様子は、激しい怒りを抑えているようにも思われて、澪は不安のあまり身を固くした。

「もち粉を使うことを、誰から教わったのです」

柳吾からの問いに、坂村堂の名を出そうとして、澪は留《とど》まった。一柳と坂村堂は父子でありながら、不仲だ、という事実を思ったからだった。

柳吾は暫く待ったが、娘に答える意志がないことを汲むと、なるほど、と独り言を洩らして、すっと立ち上がった。

「長居は無用。房八、私は先に帰りますよ」

「お、おい、柳吾」

房八は無理な姿勢から立とうとして、腰を捻ったらしい。痛たた、と悲鳴を上げる。

細身の柳吾は、身のこなしも軽々とふきの揃えた草履に足を入れ、ついでに小銭を少女の掌に押し込んだ。送ろうとする店主とおりょうを目で制し、さっと表通りへ出る。房八と同年とは思えぬほどの身の軽さだった。

澪は堪《たま》らず、小走りで柳吾を追った。

日暮れまでまだ刻があるのだが、斜めに差す陽に夕映《ゆうば》えの予感がする。緩やかな弧を描く俎橋の上、荷を軽くした棒手振りや、湯屋帰りの大工らが行き交う。その中に柳吾の姿もあった。

「お待ちください」

橋半ばで、柳吾は、娘の声に足を止めて振り返る。澪を認めると、じっとその到着を待った。

「何でしょう」

「教えてください。私の料理はお口に合わなかったのでしょうか」

柳吾は暫しの間、千思《せんし》の中にあったが、橋の欄干《らんかん》に手をかけると川面《かわも》に目を向ける。澪も真似て、柳吾から川へと視線を移した。

「近頃は勘違いをしている者も多いが、料理人の本分は旨い飯を炊く、旨い汁を作る、このふたつですよ。これを押さえて初めて、技の向上がある。あなたの料理は概《おおむ》ねそこから外れてはいない。酢締めを口にした時、あなたを仕込んだ主の、料理人としての力量を感じました。だが……」

柳吾は言って、川面から澪へと視線を戻す。柔らかな眼差しが一転、冷徹な光を放った。

「あなた自身は、料理人失格だ。とても認められたものではない」

あまりの言葉に、澪は棒立ちになる。そんな娘に一瞥をくれると、柳吾はゆったりとした足取りで再び俎橋を渡りだした。

澪の料理を通して、主嘉兵衛の料理人としての力量を見抜くと同時に、澪には失格の烙印《らくいん》を押した料理屋一柳の店主。もし今、教えを請《こ》わねば、答えを見つけられないまま終わってしまうかも知れない。

澪は弾《はじ》かれたように走りだした。走って走って、辻駕籠《つじかご》に乗り込むところだった柳吾にやっと追いつくことが出来た。

「どうか教えてください」

地面に両の膝をついて、澪は柳吾に縋《すが》る。

「私のどこが料理人として失格なのか、どうすれば真の料理人になれるのか」

教えてください、と澪は地面に額を擦《す》り付ける。

「やれやれ、困ったひとだ」

駕籠に半身を置いたまま、柳吾は溜め息をついた。それでも、澪を見る眼差しは、先ほどよりもずっと和らいでいた。

「朝のうちに一刻ほど、店を抜けられる日はありますか？」

三方よしの日ならば、又次に下拵えを託すことが出来る。澪は咄嗟《とっさ》にそう考えた。

「二十三日なら、旦那さんにお許し頂けるかと」

明日ですね、と柳吾は腕組みを解いた。

「ならば明朝、お芳さんと二人で一柳へおいでなさい。うちの料理をご馳走《ちそう》しましょう」

処暑《しょしょ》を過ぎ、ほんの慰み程度に涼を感じる早朝だった。風は無く、顔を出したばかりの陽の強さが、日中の残暑を予感させる。

「ご寮さん、大丈夫ですか？」

神田から日本橋へ抜ける通町を急ぎながら、澪は度々《たびたび》立ち止まって、傍らの芳の顔を覗き込む。手の甲で汗を押さえつつ、芳は大丈夫だす、と頷いてみせた。

日本橋を渡り、混雑を避けて東に折れ、楓川《もみじ》に出た。荷を積んだ小舟が行き交《か》う川沿いを歩くうち、芳はふいに足を止めた。

楓川のずっと先、三つの橋が冂の字の形に架かるのが見えた。俗に「三ツ橋」と呼ばれる場所である。

「澪、ここは……」

言ったきり、芳は絶句した。

三ツ橋の傍、日本橋炭町に、今は人手に渡ってしまった天満一兆庵の江戸店《えどだな》がある。そして炭町の手前の柳町に、料理屋「一柳」はあった。背中合わせではあるが、二軒の料理屋は同じ情景の中にある。片や潰れ、片や料理番付の行司に名を連ねる名店なのだ。澪は芳の胸中を思い、どう応えて良いかわからず、ぐっと唇を噛んで俯《うつむ》いた。

芳はそんな娘の姿を見、静かに息を吸って気持ちを整える。ほな、行きまひょか、と澪に呼びかけた声は、凛《りん》とした強さを取り戻していた。


日本橋柳町、一柳。

間口《まぐち》の広さは六間《けん》ほど。天満一兆庵の江戸店と同じく、こぢんまりとした印象を受ける。朝一番に掃き清めたのだろう、表に箒《ほうき》の掃き目が筋を引き、両側の盛り塩が清々《すがすが》しい。芳と澪とが表に立てば、案内を乞《こ》うまでもなく暖簾が捲られ、仲居に迎え入れられた。

「お待ち申しておりました。どうぞこちらへ」

通された部屋は十畳ほどだが、床《とこ》の間《ま》に撫子《なでしこ》や萩《はぎ》、藤袴《ふじばかま》などの花が活《い》けられ、優しい色合いの掛け軸が飾られていた。迎える客に合わせて、部屋の設《しつら》えを替えるのだろう。

柳吾は現れず、先に食事が運ばれてきた。膳の上の料理に、澪と芳はそっと目を合わせる。一汁一菜。白飯と澄まし汁、串に刺されているのは、生麩田楽のようだ。両の掌で汁椀を持ち上げる。良質の漆《うるし》だけが持つ、肌に吸い付いてくる感じ。派手な装飾はないが、塗師《ぬし》の誠意が伝わる器だ。塗師の娘なればこそ、澪には器の真価がわかった。

澄ましをひと吸い。具は海老《えび》しん薯《じょ》で、全く同じ汁《つゆ》を登龍楼でも口にした。だが、当初、抑制の効《き》いた爽《さわ》やかな味だと思った登龍楼の汁には、一柳ほどの滋味はない。次いでご飯。丹念に選《よ》り分けられた米粒はひとつひとつ、噛み締めるほどに口中に、そして心にまで滋養が沁むようだ。旨い飯と旨い汁こそが料理人の本分、と言い切った柳吾の信念が見事に生かされている膳だと思った。

店の設え、奉公人の躾《しつけ》、器、そして料理。すべてにおいてこの一柳は別格なのだ。

料理番付で土俵に立つ必要などない。何者からも侵《おか》されず、持ち上げられず、ただ静かに在《あ》る。なるほど、行司役とはそういうことか。胸の動悸《どうき》を押さえて、串を手に取る。やや黄味を帯びた肌に、淡黄の味噌。卸した青柚子《ゆず》が爽やかな香りを放っている。果たして生麩なのか、と恐れつつ口へ運び、そっと嚙み締める。

若々しい青柚子、まろやかで甘い京坂の白味噌の味わい。だが、それのみに留まらない。歯を押してくる、この独特の弾力はどうだ。生地に何も練り込んでいないはずが、嚙むほどに麦の甘みが増す不思議。かつて郷里で口にした、どの生麩よりも味わい深い。これに比べれば、澪の作り上げたものはただの紛《まが》いでしかない。つる家のお客の「ぐにゃぐにゃして、気持ち悪い」という評価がしごく真っ当に思われた。

座っているはずの畳が底なし沼になり、ずぶずぶと引きずり込まれていく。錯覚とわかっていても、澪は堪《たま》らず両手で膳を摑んだ。

「失礼しますよ」

廊下から声がかかり、襖がすっと開く。主の柳吾が中へ入り、澪と芳の前へ座った。

「一柳さん、本日はお招き頂きまして、おおきに、ありがとうさんでございました」

芳が膳を外し、畳に両の手をついて今日の礼を述べる。半ば呆《ほう》けたようになっていた澪は、辛《かろ》うじて芳を真似て一礼した。

柳吾は澪の受けた衝撃を察したのか、黙って打ちひしがれた娘を見守った。そして、慎重に懐から畳んだ懐紙を出すと、そっと開いて澪の前へ押しやる。載っているのは雪を思わせる純白の粉だ。柳吾が頷くのを見て、澪は手を伸ばし、そっと触れた。

「何と美しい。まるで雪だすなあ」

脇から覗き込んで、芳が感嘆の声を洩らす。

うどん粉のようなのだが、こんなに白く、粒の細かい粉は知らない。少し摘《つ》まんで舌に載せる。麦の深い味がした。

「幕府の許しを得て入手した、西洋の小麦の粉です。従来の、色黒で肌理《きめ》の粗い挽割《ひきわ》りのうどん粉では、この生麩を作ることは無理だ。皮を外して挽く技も、この国にはまだない。かつて、江戸の名だたる料理人たちが苦心してもたどり着けなかったものを、何とか私の手で形にすることが出来ました。この生麩こそが、一柳を一柳たらしめているのです」

十五年ほど前から幕府は西洋小麦作付けの試《こころ》みを始め、柳吾もその一助を担《にな》っているのだ、という。一柳の生麩料理は、従って幕府の重鎮《じゅうちん》のみが口にするもの、とのことだった。柳吾は、一気に話し終えると、深い溜め息をついた。

「もち粉を用いることをあなたに教えたのは、嘉久でしょう。親の血の滲むような苦労を知りながら……。よもや四十を過ぎた倅にこんな煮え湯を飲まされるとは思いもよらず」

「坂村堂さんが悪いのではありません」

相手の言葉を途中で遮《さえぎ》って、澪は、おろおろと柳吾に縋《すが》った。

「生麩を作り上げられずに、相談を持ちかけた私のせいです。それに西洋の小麦の粉でなければ、一柳の生麩の味わいにはならない、と坂村堂さんはわかっておられたのです。だから、私に作り方を教えてくださったのかと」

「何もわかっていない。だからあなたは料理人失格なのですよ」

斬《き》りつけるような、厳しい声が飛ぶ。

「料理人ではない者が、生麩の作り方を知っている――真っ当な料理人ならば、まず、そこに疑念を抱いたはずだ。その料理の陰に、別の料理人の労苦が滲むことに気付いたなら、決してそれをそのまま取り入れようとはしまい。それこそが、料理人の矜持《きょうじ》ではありませんか？　あなたの料理人としての矜持はどうしたのですか」

柳吾の言葉は鏃《やじり》となって、澪の胸を貫《つらぬ》いた。小松原が生麩を献立に載せるのを止めた理由も、同じに違いない。坂村堂と柳吾の間に溝を作り、つる家にも迷惑をかけてしまった。澪は情けなさに言葉もなかった。

「こんなことは言いたくはありませんが、これが天満一兆庵の佐兵衛さんなら決してしないことですよ」

思いがけない台詞に、澪と芳は声を失う。芳は畳を這《は》って、柳吾に迫った。

「佐兵衛を……佐兵衛をご存じだすのか」

取り乱す芳に、柳吾は大きく頷いてみせた。

「互いに人付き合いの得意な方ではないけれど、店も近いことから、時折り料理の話をしました。懸命に江戸店を盛り立てる様子が、とても好ましかった。嘉久がこうなら、と幾度思ったか知れません」

江戸へ出て、初めて知る佐兵衛の姿だった。芳の体がわなわなと震えだす。親としての心情を慮ったのだろう、柳吾は少し黙ったあと、労《ねぎら》うような眼を芳に向けた。

「佐兵衛さんは、若いが実に良い料理人でした。慣れない江戸で、一心に研鑽《けんさん》を重ねておられた。食に対してだけでなく、和歌や茶の湯にも造詣《ぞうけい》が深く、料理に取り入れる努力を怠《おこた》らなかった。突然の失踪《しっそう》には、何かよほどの事情があったのでしょう」

両の掌で顔を覆《おお》って、芳は声もなく泣いた。江戸へ出て三年、もとの奉公人である富三に事実無根の佐兵衛像を聞かされた以外、息子の江戸暮らしや仕事振りを耳にすることはなかったのだ。

「つる家で天満一兆庵の名が出た時は、心底驚きました。ただ、あの場で話すことも躊躇《ためら》われましたので」

柳吾は、袂から畳んだ手拭いを取りだして、芳にそっと差し出した。

「子は結局、親の思いを踏みにじるように出来ているのかも知れません。そして親は、たとえそうされても、じっと堪えて揺るがずに居るよりないのでしょう。我が身を振り返れば、若い日、親に対して同じことをしてきたように思います」

柳吾の声に慰めを感じたのだろう、芳は手拭いで涙を押さえながら、これまでの経緯を語った。時折り頷きながら芳の話を聞いていた柳吾だが、嘉兵衛が今わの際《きわ》に澪の手を取り、天満一兆庵の再建を託した下りで、ふっと眉を曇らせた。

話を終えて力尽きた芳に、少し休むように言って、柳吾は澪を庭へ誘った。柳吾のあとについて、廊下から廊下へと抜けると、裏手に趣きのある庭が現れた。さほど広くはないが、苔《こけ》むした石や、引き込んだ水の流れが、一帯を浄化している。

履物《はきもの》を借りて庭に下りると、両側から枝を伸ばした楓《かえで》が、頭上に緑の幕を張っていた。強い日差しが青々とした葉で遮られて、その下に佇《たたず》む澪までを青く映す。長い緊張の時を経《へ》て、樹々の香りを嗅いだことで、澪は仄《ほの》かに憩《いこ》いを感じた。

「本気で、天満一兆庵の再建を考えているのですか」

柳吾が振り返り、そう問うた。

常ならば逡巡《しゅんじゅん》するはずが、澪は深く頷き、はい、と答えた。

料理人として大きく欠けているものを教わったのだ。それを守り、精進する覚悟があることを、伝えておきたかった。

「ずっと、つる家の調理場に立つつもりですか」

問いかけの真意がわからず、澪は黙って柳吾の目を見た。老いた男はその視線を受け止めて、こう続けた。

「ひとは与えられた器より大きくなることは難しい。あなたがつる家の料理人でいる限り、あなたの料理はそこまでだ」

息を呑む娘をその場に残し、柳吾は、身を翻《ひるがえ》して戻っていく。

声もなくひとり立ち竦《すく》む娘を、青葉闇が包んでいた。

天《あま》つ瑞風《みずかぜ》——賄い三方よし

藪蘭《やぶらん》の細長い葉に、朝露が丸いまま形を留《とど》めている。竿《さお》に洗濯物を広げようとして、澪《みお》は足もとの藪蘭に気付き、朝露を驚かせぬようそっと場所を譲った。

酷暑の夜を終え、目覚めれば突然、秋が訪れていた――そんな感慨を覚える葉月《はづき》三日の朝である。

「澪ちゃん、相変わらず早《はえ》ぇな」

名を呼ばれて振り返ると、手拭《てぬぐ》いを肩にかけた伊佐三《いさぞう》が笑っている。

「伊佐三さん、お早うございます」

「いきなり秋になっちまったな」

井戸端でふたりして立ち話をしていると、伊佐三の家から目を擦《こす》りながら太一《たいち》が出てきた。まだ半分眠っているようだ。

「太一ちゃん、お早う。あら？」

太一の頭を撫《な》でようと伸ばした手を、澪はふと止めた。ついこの間まで伊佐三の腰の辺《あた》りまでだった太一の背が、それを超えている。

「太一ちゃん、また背が伸びたみたい」

ああ、と伊佐三が息子の頭を、わざと乱暴にぐりぐり撫でながら応《こた》えた。

「ここんとこ、筍《たけのこ》みてぇに伸びてやがる。そのうちに追い越されちまうんだろうな」

眠いところを構われて拗《す》ねたのか、太一は父の手から逃れて部屋へ駆け戻る。その小さな背中を見送って、伊佐三はひと言。

「倅《せがれ》ってなぁ良いな。先に一緒に呑《の》める楽しみがある」

声に太一への愛情が滲《にじ》む。太一ちゃんは幸せだわ、と澪は柔《やわ》らかく微笑《ほほえ》んだ。

「そう言やぁ、今日は『三方よしの日』だった」

桶《おけ》に張った水で顔を洗いかけて、伊佐三は思い出したように言った。

「こんな日は熱くした酒が旨《うめ》ぇだろうな。太一と一緒に呑める日がくるまで、『三方よしの日』を続けてくんなよ。頼むぜ、澪ちゃん」

——あなたがつる家の料理人でいる限り、あなたの料理はそこまでだ
ふいに、あの時の柳吾《りゅうご》の言葉が蘇《よみがえ》って、澪の表情は翳《かげ》った。だが、伊佐三はそれに気付かず、勢いよく顔を洗っている。

「この夏は酷《ひど》かったが、やれやれ、今になってやっと胡瓜《きゅうり》の味が戻ったな」

又次《またじ》がほっと安堵《あんど》した顔で、胡瓜を俎板《まないた》に置いた。

「これからは枝豆に秋茄子《なす》も旨くなる。また色んな料理を考えてるんだろ？」

話しかけられているのに気付かずに、澪は黙々と鰯《いわし》を捌《さば》く。一柳《いちりゅう》の一件以来、ともすれば柳吾の言葉を思い出してしまう。それが嫌《いや》で、ともかく目の前の料理に没頭しようとしているのだ。

返事がないことを妙に思ったのだろう、又次は手を止めて澪《みお》を見た。娘が思いつめた顔で鰯を捌く姿に、何か言いかけたが、やはり黙って胡瓜を刻み始めた。

七つ（午後四時）を過ぎ、陽《ひ》が傾き始めると、「三方よしの日」の酒と肴《さかな》を求めて、お客たちが弾《はず》むような足取りでつる家の暖簾《のれん》を潜《くぐ》る。前回の三方よしでは注文のなかった燗酒《かんざけ》が、今夜は大変な人気だった。

「俺《おら》ぁ熱くした酒の味をすっかり忘れちまってたが」

盃《さかずき》を飲み干したお客が、ほっと吐息をつく。

「熱いと言っても、ひと肌なのが良い。燗酒ってなぁ、こんなに旨いもんだったんだなぁ」

そうとも、と見知らぬ同士が頷《うなず》き合う。残暑が厳し過ぎた分、余計に秋の訪《おとず》れが嬉《うれ》しくてならないのだ。肴にしても、これまでと違って、さっぱりした酢の物よりも鰯の蒲焼《かばや》きや茄子の甘味噌田楽《あまみそでんがく》などの、味の濃い、こってりしたものがよく出た。ふたりの料理人は、季節がくっきりと移ったことを悟る。

「お澪坊、又さん、意外なひとが見えたぜ」

そろそろ暖簾を終《しま》う五つ（午後八時）も近い、という頃に、種市《たねいち》が調理場へ注文を通しに現れた。又次と澪が、空きの目立ってきた座敷を窺《うかが》う。中ほどの席で、こちらに背を向けてでっぷりと肥《こ》えた男が座っていた。その禿頭《とくとう》を認めて、澪と又次は顔を見合わせる。

吉原廓《ぐるわ》、翁屋《おきなや》の楼主《ろうしゅ》、伝右衛門《でんえもん》だったのだ。

「今日、ここへ来るなんざ、俺ぁ聞いちゃあいねぇ」

翁屋の料理番の又次は、不気味そうに首を捻《ひね》った。

茄子を胡麻《ごま》油でじわじわ焼いて甘味噌を塗った、熱々の田楽が気に入ったのだろう、伝右衛門は立て続けにお代わりをし、旨そうに燗酒を呑んで過ごす。残っていたお客がひとり去り、ふたり去り、とうとう伝右衛門だけになった時、漸《ようや》く主《あるじ》を手招きした。

「折り入って話したいことがあります。お前さんと、ここの料理人、うちの又次、それに芳《よし》というひとを呼んでおくれでないか」

そう言って、懐《ふところ》から取り出したものを膳の上に置く。

「釣りは要《い》りませんからね」

畳んだ懐紙の上に小判が一枚。種市は泡を食って、調理場へ三人を呼びに行った。

「弥生《やよい》の七日に」

四人を前に並べて、暫《しばら》く難しい顔で腕組みをしていた伝右衛門が、おもむろに口を開いた。

「花見の宴《うたげ》の料理をここの料理人に任せた時のことです。その腕を見込んで、私はある提案をしたのだが、そのことは知って？」

種市は指で自分を指して、戸惑《とまど》った顔で首を横に振った。すると伝右衛門は、今度は芳に問いかける視線を投げた。芳は、隣りで身を縮めている澪をそっと見て少し考えたが、はっきりと、存じまへん、と答えた。

「そんなことだろうと思ってましたよ」

楼主は、じろりと澪をねめた。

「私は、このひとに吉原で料理屋をやらないか、と持ちかけたんです。店を出すための援助は惜しまないから、と。こちらも充分に勝算があればこその申し出だった」

種市と芳が、驚愕《きょうがく》のあまり息を呑み、狼狽《うろた》えたように澪を見る。澪はふたりに合わせる顔がなく、ただ萎《しお》れて俯《うつむ》いた。

「又次を通じて断られたのが、卯月《うづき》の終わり。まぁ、ひと月以上は悩んだようだが、よもや断られるとは、この私も思いませんでしたよ」

澪の決断を苦々しく思っていることが、容易に読み取れる口調だった。自分でもそれに気付いたのだろう、ばつが悪そうに二、三度、咳払《せきばら》いをする。

「だが、どうにも諦《あきら》めきれない、というのが私の本音《ほんね》だ。今日の料理を口にして、ますます諦めきれぬ、と思いました。どうだろう、今一度、考え直してくれまいか」

伝右衛門は、肥えた背を丸めて、澪の顔を覗《のぞ》き込んだ。澪は、両の眉《まゆ》を下げたまま、首を左右に振った。楼主は薄く笑いながら、背筋を伸ばす。

「まあ、そう頑《かたく》なにならずとも。指のことは承知しています。細工包丁が出来なくとも、大した問題ではありませんよ。それと……」

ちらりと芳の方を見て、続けた。

「店の名も『天満一兆庵《てんまいっちょうあん》』とすれば良い。そうすれば、お前さんたちの念願だった店の再建も叶《かな》うというもの」

思いがけず店の名が出たことに驚き、芳は両の掌で口を覆《おお》う。

「悪いが色々と調べさせてもらいましたよ。又次はうちの料理番のくせに、この店の内情となると、まるで口を割りやがらないのでね」

最後だけを吐き捨てるように言うと、楼主は又次をじろりと睨《にら》んだ。種市と芳、それに澪は、石のように固まって動かない。

「翁屋と同じ江戸町《えどちょう》一丁目に一軒、間口《まぐち》は狭いが良い店を押さえました。揚屋町《あげやまち》ならともかく、江戸町でこうした出物を見つけることは滅多にない。否《いや》、ありえない。料理屋にはまさに頃合いの店で、押さえるのに、まぁ色々と手も金も使いましたがね」

伝右衛門はゆるゆると立ち上がり、三人を端《はし》から順に見やった。

「翁屋の楼主自《みずか》ら、こうして話を通しに来たんですよ。あとはお前さんがたが誠意を尽くす番。せめて今月一杯は考えて、月末にその返事を持っておいでなさい」

黙って座っていた又次が、種市に軽く頭を下げると、伝右衛門を送るためにあとを追いかけた。だが、種市も芳も、そして澪も根が生えたようにその場を動かなかった。

りーん、りーん

りーん、りーん

何処《どこ》から紛《まぎ》れ込んだのか、裏店《うらだな》の床の下で鈴虫が鳴いている。澄んだ綺麗《きれい》な音色《ねいろ》は、今年になって初めて耳にするものだ。

澪は夜着《よぎ》の中でじっと身を固くしていた。芳はあれからあまり口を利《き》かない。帰り道でも、家に戻ってからも。今も背中合わせのまま、身じろぎひとつしないのだ。伝右衛門の申し出を黙っていたことで、芳をそこまで怒らせてしまったのか、と思うと澪は何とも辛《つら》かった。

「ええ音色やなぁ」

ふいに、芳が掠《かす》れた声で呟《つぶや》いた。

「慰《なぐさ》められるなぁ」

声を聞いたことで澪は堪《たま》らなくなり、夜着を出て、ご寮《りょん》さん、と額《ひたい》を畳に擦《す》り付けた。

「翁屋さんの件で何のご相談もせえへんかったこと、どうぞ堪忍しておくれやす」

芳はそっと身を起こし、闇《やみ》の中を手《て》探《さぐ》りで澪を探した。そして娘の手を探し当てると、自身の掌で包み込んだ。

「堪忍するも何も……。私がお前《ま》はんでも、やっぱりよう言わんかった。それでのうても、指のことだけで充分に辛い思いをしてるやろうに、天満一兆庵のこと、つる家の旦那さんのこと、ひとりきりで随分と悩んだん違うか」

小さく溜《た》め息《いき》をつくと、けどなぁ、と芳は続ける。

「吉原いう場所で、何の繋《つな》がりもない他人《ひと》さんの懐を当てにして、それで天満一兆庵の暖簾をあげたかて、嘉兵衛《かへえ》は喜ばんやろ。それに何より、つる家の旦那さんにはご恩がある」

芳の思いが自身のそれと食い違わないことに、澪は慰められ安堵した。ただ、その一方で、諦めたはずの算段――野江《のえ》を吉原から取り戻す算段が再び掌中《しょうちゅう》に戻ったことに、戸惑いとある種の期待とを抱《いだ》き始めている自身にも気付く。種市から受けた恩を横に置いて、そんな算段をする我が身の計算高さ。駄目だ駄目だ、と澪は激しく首を振り、邪《よこし》まな思いを振り払った。

「翁屋さんの再度のお申し出やけど、私はこの話、お断りすべきやと思うで」

布団《ふとん》に戻った芳が、ひっそりと告げた。

「はい」

野江ちゃん堪忍、と心の中で手を合わせながら、澪は芳にはっきりと応えた。

今月一杯まで待たずとも、伝右衛門への返答は用意できた、とふたりは思ったのだった。

九段坂の一本北側に、中坂という傾斜の緩《ゆる》やかな坂があり、その坂の中腹に大層立派な稲荷《いなり》社がある。もとは「田安《たやす》稲荷」と呼ばれた社《やしろ》だったが、境内《けいだい》に見事な橙の樹《だいだいき》があったことから、「代々」に通じるとして「世継《よつぎ》稲荷」と称されるようになって久しい。子を授かりたい者、授かった者の参拝が絶えなかった。

その日、六日は世継稲荷のご縁日ということもあり、常《つね》にも増して中坂は賑《にぎ》わいを見せていた。昼餉《ひるげ》の書き入れ時を過ぎ、手隙《てすき》になったのを幸い、味醂《みりん》を買い足しに中坂を訪れた澪は、坂を下る途中で、武家の奥方らしい女が蹲《うずくま》るのを見つけた。脇で心配そうに覗き込んでいるのはその夫だろうか、頑強な体軀《たいく》を縮めるようにして連れを気遣《きづか》っている。

男の剃髪《ていはつ》を見た時、澪は、あっ、と声を洩《も》らした。入道のような風貌《ふうぼう》に見覚えがあった。一度だけだが、つる家を訪れたお客だ。

澪は小走りでふたりに駆け寄り、声をかける。

「どうかなさったのですか？」

男が澪を認め、驚いたように目を剝《む》いた。

澪は地面に膝《ひざ》をついて、女の顔を覗いた。真っ青で脂汗《あぶらあせ》が滲《にじ》んでいる。

「少し気分が優《すぐ》れないのです」

辛《かろ》うじて返事する声を聞くと、澪は男に口早に言った。

「つる家にいらしてください。すぐにお医者さまを呼びましょう」

かたじけない、と男は一礼し、女を背負うために、片膝をついて腰を落とした。

つる家に担《かつ》ぎ込まれた病人は、そのまま内所《ないしょ》に運ばれ、帯を緩めて布団に横たえられた。こんな汚《きたね》ぇとこで済みません、と詫《わ》びて、

「今すぐ医者へ使いをやりますから」

と、部屋を出て行きかけた種市だが、ふっと剃髪の男を振り返った。

「旦那、いつぞや店にいらしたかたですよね」

そうそう、と脇に控えていたおりょうも、思い出したように頷いた。

「あたしも覚えてますよ。鮎飯《あゆめし》を前に、随分と考え込んでおられましたねぇ」

途端、寝かされていた武家の女が半身を起こした。その顔が引《ひ》き攣《つ》っている。

「医師は必要ありませぬ。このまま少し横になれば、大事ないと存じますゆえ」

さらには連れに向かって、

「どうか先にお帰りくださいませ。一刻《いっとき》（約二時間）ほどあとで、駕籠《かご》をこちらへ寄《よ》越《こ》してくだされば、大丈夫ですから」

と、懇願《こんがん》した。澪はその声や切迫した表情から、余計な詮索《せんさく》をされたくないのだ、と感じ取った。ことにお武家なら、ご身分にも関わること。芳も同じことを思ったの

だろう。

「女の体は色々と厄介なもんだす。ご本人が医者は必要ないて言わはりますし、このまま安静にして頂いたらどないだすやろ。一刻ほど休まはったら駕籠に乗れるようにならはると思いますで」

　さあさ、と芳に促《うなが》されて種市とおりょう、それに男は内所を出ていった。澪は女を布団に戻し、そっとその額に手を触れる。熱のないことに澪はほっと息を吐いた。

「枕もとにお水を置いておきます。何かあれば声をかけてください。すぐ向こうの調理場にいますから」

　ありがとう、と小さな声で応え、女はじっと澪を見た。

「あなたは、この店の？」

「料理人です。澪と申します」

　女の口が小さく、やはり、と動いたが、澪はさして気にせず、そっと内所を出た。

　夕餉の仕込みにかかるうち、瞬《またた》く間に半刻が過ぎた。つる家の調理場には、今秋初めての、里芋《さといも》を煮る柔らかな匂《にお》いが満ちている。

「ご寮さん、どんな様子だったたい？」

内所から出てきた芳に、種市が問うた。

「帯を緩めただけで大分気分が良うならはった上に、少し眠らはったみたいで」

大事ないようだ、と聞いて、一同はほっと胸を撫で下ろした。

「あの様子じゃあ、昼餉はまだだろう。駕籠に揺られるのに、あまり空《す》きっ腹てぇのも毒だ」

お澪坊、何か軽いものを差し上げげな、と店主に言われて、澪は頷いた。

塩出しした沢庵《たくあん》を細かく刻み、卸《おろ》し生姜《しょうが》と和《あ》えて、白胡麻《ごま》とともに白飯に混ぜ、ひとくちで食べられるよう、小さな俵《たわら》に握る。玉子はほんの少し甘みを足して巻《ま》き焼きに。それにつる家の夕餉の献立で作った、湯気の立つ里芋の旨煮《うまに》を少しだけ鉢に装《よそ》う。それらを膳に載せて内所へ運んだ。

「まあ」

女は言って、目を見張る。当初は固辞《こじ》したのだが、小さく腹がくう、と鳴った。

「温かいうちに召し上がってくださいな」

澪に勧められ、おずおずと箸《はし》を取る。湯気の立つ里芋を口に運ぶ。熱かったのか、はふはふと息を吐く。ついで握り飯。ゆっくりと巻き焼き。よほど口に合うのだろう、ぎゅっと目を細め、目尻《めじり》に皺《しわ》を寄せている。

澪の脳裏に、同じく目尻に皺を寄せて食べる想《おも》いびとの顔が浮かぶ。どうしてこんな時に、と澪は男の面影を払うように首を振った。

膳の上のものを全《すべ》て食べ終えると、女は静かに箸を置いた。

「本当に美味《おい》しゅうございました。美味しいものというのは、ひとを慰める力があるのですね」

下瞼《まぶた》に涙が薄く溜まっている。女は慌てて目頭《めがしら》を指で押さえたが、涙は溢《あふ》れて頬《ほお》を伝った。見苦しいこと、と女は恥じた。

「ふた月ほど前に、死産をしてしまい……。初めての娘でしたのに……。それからは身体《からだ》の具合も思わしくなく、気も塞《ふさ》ぐばかりだったのです。口にするものを美味しい、と思えたのは久しぶりでした」

女は澪の手を取り、ありがとう、と心を込めて礼を述べた。

七つ過ぎに、黒漆の宝仙寺《ほうせんじ》駕籠がつる家の前に止められ、若い侍女が案内を請《こ》うた。身仕度《みじたく》を整えて内所を出る際、女は澪を振り返って、丁寧《ていねい》にお辞儀をした。

「美味しいものをご馳走《ちそう》さまでした。いつか、お料理を教えて頂きたい、と思うほどです」

頰に血の気が差し、生き返ったようだった。澪は嬉しくなり、

「宜《よろ》しければ、またお越しくださいませ」

と、応えた。

女は少し考え、仄《ほの》かに笑んでみせると、こう告げた。

「ええ、きっとそうします。私は早帆《さほ》と申します。心の隅《すみ》にでも、留《と》めておいてください な」

早帆を載せた駕籠が、ゆるゆると九段坂をのぼっていく。

何でだろうなあ、と種市が首を捻る。

「どうにも思い出せねぇんだが、どっかで会ったような気がしてなんねぇ」

どこだったかなぁ、と店主はまだ唸《うな》っている。

俎《まないた》橋の欄干に燕《つばめ》が数羽、止まっている。小さな胸を張り、赤い喉《のど》を見せて、じゅいじゅいと懸命に鳴く。時節柄《がら》、燕たちの別れの挨拶《あいさつ》に思われて、自然に頬が緩む。燕が南へ渡ってしまえば、秋はぐんと深まるだろう。

食べ物の美味しい季節が巡ってくるのだ、そう思うと澪の足取りは弾んだ。ふきではないが、ぴょんと跳ねたくなる。

「あら」

つる家の店の前で、当のふきが箒《ほうき》を握り締めたまま、じっと動かずにいる。不思議に思い、澪は少女に駆け寄った。

「どうしたの、ふきちゃん」

澪姉さん、とふきは困惑した顔を向ける。

「今、登龍楼《とりゅうろう》から使いのひとが来て……」

「登龍楼から？」

胸騒ぎがして、澪は、急いで勝手口から土間伝いに座敷へと回った。

「お澪坊、丁度良いところへ来てくれた」

入れ込み座敷から澪を認めて、種市が手招きしている。こちらに背中を向けていた男がふたり、揃《そろ》って振り返った。

ひとりは四十代の番頭《ばんとう》格。今ひとりは、澪とそう歳《とし》も変わらない。若い方に見覚えがあった。いつぞや、健《けん》坊が居なくなった、と知らせにきた男だ。向こうも澪を覚えていたらしく、軽く頭を下げた。

「ようくご存じとは思いますがね、うちの料理人ですよ」

これまで色々と経緯もあり、店主は幾分、棘《とげ》を含んだ声でふたりに澪を紹介した。

「俺にとっちゃあ、この娘はつる家の大事な跡取りのような存在なんでさぁ。こんな倹《つま》しい店に何を馬鹿な、と思われるかも知れねぇが。そんなわけで、一緒に話を聞かせてもらいますぜ」

有無を言わさぬ口調に、登龍楼からの使いは互いに目を見合わせる。ひと呼吸置いて年配の男が、良いでしょう、と浅く頷いた。


「ちょ、ちょっと待ってくださいよ」

おりょうの声が裏返っている。

「一体、どういうことなんですか。何でまた、登龍楼が突然そんなことを……」

「俺にもさっぱりわからねぇよ。だからこうして、おりょうさんとご寮さんにも聞いてもらってるのさ」

種市は言って、難しい顔で腕を組んだ。

登龍楼店主、采女宗馬《うねめそうま》からの使者は、次のような提案を伝えた。曰《いわ》く、店をふたつ構えると、どうしても主の目が行き届かない。それで、神田須田町《すだちょう》の店を売りに出すことを考えているのだが、下手な相手に譲る気はない。本店でないとはいえ、神田須田町の店も登龍楼に違いない。色々と目も配り、心も砕き、ここまで育てた大切な店だ。その値打ちを理解し、今後も生かしてくれる者にこそ譲りたい。そこで料理番付で大関位を競《きそ》うつる家に、店を居抜《いぬ》きで買わないか、というのだ。向こうの条件は、料理の質を落とさぬよう、料理人として澪が腕を振るうのが必須《ひっす》だ、という。

「居抜き……器《うつわ》やら調理道具やら設《しつら》えやら、全部ひっくるめて売ろうってんですか」

戸惑うおりょうの問いかけに、店主もまた弱ったように頷いた。

「ああ。それどころか、こっちが望めば料理人もふたりほど残そうってぇのさ」

先ほどから思案顔で聞いていた芳が、初めて口を開いた。

「要するに看板だけ掛け替えたら、つる家としてその日のうちに商いが始められる、いうわけだすなあ」

確かに悪い話には聞こえへんのだすが、と断った上で、芳は種市に尋ねる。

「旦那さん、登龍楼は一体、幾らで買え、て言うてきたんだすか？」

芳に問われて、種市は黙ったまま右の指を三本、立ててみせた。

そりゃ、あんまりですよ、とおりょうがまず呻《うめ》いた。

「あの店は小奇麗だし、造りもそれなりに贅沢《ぜいたく》ですよ。けれどねぇ、場所も日本橋とは違う。三百両ってのはあんまり強欲ですよ」

違う違う、と種市は強く頭《かぶり》を振る。

「三十両なんだ。もちろん地べたは借り物だが、ほか全部ひっくるめて三十両で良いんだと」

「三十両」

おりょうは金額を繰り返すと絶句した。たとえば長床几《しょうぎ》しかない、煮売りに毛が生えたような店ならまだしも、二階家の表店《おもてだな》にその値段はありえない。

芳は眉根を寄せて、じっと考え込んだ。

「何ぞ裏がありそうな話だすなあ」

「俺も最初はそう思ったんだが……」

種市はどう説明したものか、と隣りの澪を見た。澪は、ためらいながら唇を解いた。

「使いが言うのに、神田御台所町《おだいどころまち》のつる家に火を放《はな》ったのは、やはり末松《すえまつ》かも知れない。辞めさせた奉公人ではあるけれど、店としての詫びの気持ちを込めて、この話を持ってきた、とのことでした。多分、今さら付け火の一件を穿《ほじく》り返すな、という口止めの意味も含むんじゃないか、と」

それを聞いて、おりょうは激怒のあまり立ち上がり、どんどんと畳を踏み鳴らした。

「今さらおかみに訴え出ても、末松の仕業を裏付けるものが何もない、ってことを見越した上での物言いかい。ああ、むかむかする」

おりょうさん、と芳が優しくおりょうの腕を引いて、着座させる。そうして、芳は静かな眼で澪を見た。

「他にも何ぞおますのやろ」

澪は、首を捩《ね》じって入口に視線を投げる。ふきの姿はない。代わりに店の表を箒で掃く音が聞こえていた。しゃっしゃ、という音は、店の中の会話を決して聞いていません、という下足《げそく》番の気持ちの証《あかし》のように響く。

澪は芳とおりょうの方へ身を乗り出し、声を低めた。

「もしもこの話を呑むつもりなら、健坊を日本橋の本店から神田須田町の店へ移し、そのまま引き渡しても良い、との申し出でした」

「ちょいと待っとくれな、澪ちゃん」

おりょうが混乱したように頭を抱える。

「神田須田町のあの店の、居抜きのお代が三十両。しかも健坊までこっちに寄越すってのかい。付け火の揉《も》み消しだとしても、何だかうちにとって都合の良い話ばかりな気がするんだが、違うのかねぇ」

ううむ、と種市は眉間《みけん》に深い皺を寄せた。

「今日きた使いも、端《はな》から『断られる話じゃ無《ね》ぇ』ってのが見え見えだったぜ。けど、こう言っちゃなんだが、俺はどうにもあの采女宗馬ってのが気に食わねぇんだよ」

それは澪も同じ思いだった。登龍楼からの過去の非道な仕打ちは、形の上では末松ひとりの仕業になっているが、そもそも奉公人というのは主の姿勢を真似《まね》るものだ。また、末松のような奉公人を長く身近に置いていたこと一事をもってしても、店主の器量を疑う。

けど、と、おりょうは顔を上げて、箒の音に耳を澄ませた。

「健坊の件は重いですよねぇ。ふきちゃんだって、弟と一緒につる家に奉公できるなら、どれほど……」

「わかってるよ」

種市が重い息を吐いた。

「三十両は出せねぇ額じゃねぇ。ここを出て神田須田町へ移りゃあ、つる家も大きく立派になって、ふき坊は弟と一緒に奉公できる。だが、ご寮さんの息子の佐兵衛《さへえ》さんはどうするんだ？　せっかくここを訪ねて来ても、ご寮さんとは入れ違いになっちまうんだぜ」

そうでしたねぇ、とおりょうは肩を落とす。種市は溜め息を重ねて、さらに続けた。

「それに、翁屋の楼主からの話もある。天満一兆庵の再建が叶うなら、佐兵衛さんだって帰り易《やす》いだろうよ。ご寮さんの気持ちを考えたら、そっちを受けた方が良いに決まってる」

いいえ、それは、と芳が小さく頭を振った。

「翁屋さんのお話は、もとよりお断りするつもりだす。そないな形で店を再建したところで亡《の》うなった主も喜ばんと思います」

「そりゃあ了見違いだぜ、ご寮さん」

珍しく強い口調で、種市は続けた。

「あの吉原で、翁屋を大見世《おおみせ》に育てたんだ。楼主は商いにも世知《せち》にも長《た》けてるだろうよ。その楼主が手を貸したい、と思ったわけだから、話に乗るこたぁ恥でも何でもねぇよ。こんな機会をみすみす逃すこたぁ俺が許さねぇ」

店主の言葉は、芳と澪の胸に沁《し》みた。確かに、翁屋の提案を断ってしまえば、果たして天満一兆庵の再建が叶うか否《いな》か、闇の中だ。

暫《しばら》くの間、四人が四人とも口を利かず、それぞれ思案に暮れた。やがて、おりょうが名案を思い付いたらしく、ぽんと手を打った。

「こうしちゃあどうです？　つる家は神田須田町へ移る。この店を『つる家』の屋号を継いでくれるひとに貸して、佐兵衛さんが来た時には須田町に知らせがくるようにする。そして、澪ちゃんとご寮さんは吉原に天満一兆庵の暖簾を出す。そうすりゃあ、全部丸く収まるってもんですよ」

それが出来ればどんなに、という台詞《せりふ》を、澪はぐっと飲み込んだ。

登龍楼の料理人が居れば、つる家は料理屋として何の心配もなく商いを続けることが出来る。そうすれば、澪も安堵して天満一兆庵の再建に心血を注《そそ》げる。だが……。

「登龍楼の条件は、お澪坊が神田須田町の店でも料理人として腕を振るうことなんだぜ。使いが言いやがった。『登龍楼とつる家は、料理番付を競い合う仲。これからも正々堂々、料理の道で勝負したいからこそ』なんだとよ」

ぶっきら棒な答えに、おりょうは打ちひしがれる。

種市は、やむなくこう締め括《くく》った。

「いずれにしろ、すぐに答えは出せねぇから、登龍楼にも月末まで返事は待ってもらった。それぞれ、とっくりと考えてみることだ」

こちら側の迷いや悩みは、お銭《あし》を出して料理を食べにくるお客には関係のないこと。つる家の店主も奉公人も、その一事を思い、それぞれの持ち場をしっかりと守った。答えの出ないまま、一日、一日、と時はゆっくり、しかし確実に過ぎる。

「ご寮さん、お澪坊、今日はこっちに泊まっちゃあどうだい。今夜は十五夜だろ？

ふき坊が楽しみにして、色々用意してるのさ」

暖簾を終《しま》ったあと、帰り仕度を始めたふたりに、店主はそう提案した。

澪はそっと土間伝いに入口へ行き、外を覗いてみる。丁度、ふきが長床几を出して、団子の鉢をどこに置こうか迷っていた。天に輝く中秋の名月が、少女の姿を儚《はかな》げに照らす。

登龍楼からの健坊に纏《まつ》わる提案は、ふきの耳には入れていない。だが、もとより勘の鋭い少女なのだ、自分に関わる何かを感じ取って、不安に思わぬはずがなかった。

「綺麗なお月さまねぇ、ふきちゃん」

澪はそう声をかけて、表へ出た。澪姉さん、とふきは嬉しそうに呼ぶ。ふたり並んで空の月を眺める。見事なまでに丸い、丸い月だ。

あんな風に、と、ふきが人差し指で月をなぞりながら呟いた。

「どこも欠けてない幸せがあれば良いのに」

澪はふいに胸を突かれ、黙って少女の肩を抱き寄せた。ともに幼くしてふた親を失った身。親に守られ、慈《いつく》しまれて過ごすはずの幸せを、無残にも捥《も》ぎ取られての今がある。

「ほんまだすなぁ」

柔らかな声がして、背後からひっそりと、ふたりに寄り添う影ひとつ。

「あちこち欠けて傷ついて、それでもひとは生きていかなならん。何と難儀なことやろか」

小さく息を吐き、芳は、ふたりの肩にその手を置く。

「今は丸いあのお月さんも、明日からまた徐々に身を削《そ》がれて、晦日《みそか》には消えてしまう。けど、時が経《た》てば少しずつ身幅《みはば》を広げて、またあの姿に戻る。ひとの幸せも、似たようなもんやろなあ」

その通りさね、と店主がちろりを手に、どすんと床几に腰を下ろした。

「良いことも悪いことも、長くは続かない。色々あっても、せめても丸い幸せを、と願い続けて生きるしか無ぇのかも知んねぇな」

それぞれが、それぞれの切なさを胸に秘めて、青い月をただ眺めている。


「おお、これです、これ」

常よりも早い時刻につる家の暖簾を潜った坂村堂《さかむらどう》が、運ばれてきた膳に歓声を上げた。戻り鰹《がつお》を酒、醬油《しょうゆ》、味醂、それにたっぷりの千切《せんぎ》り生姜で煮付けて、炊き立てご飯に汁ごとざっくりと混ぜ入れた、つる家名物「はてなの飯」である。その飯碗《めしわん》を手に取って、坂村堂の目がすでにきゅーっと細くなった。

「まだ食ってもおらぬくせに」

清右衛門《せいえもん》が呆《あき》れて、坂村堂を眺めている。ふたりの様子に、周囲のお客たちは箸を手にしたまま、一斉に肩を揺らした。つる家の店内に、何とも柔らかく温かな空気が満ちる。間仕切り越しに座敷を覗きながら、おりょうが笑った。

「不思議なもんだねぇ、あのふたりが居るだけで、座敷が明るく楽しくなる。清右衛門先生はひと月半ほどご無沙汰《ぶさた》だったから、余計そう思うのかね」

中坂在住の戯作者《げさくしゃ》清右衛門は、つる家の常客なのだが、坂村堂と組んだ戯作がなかなか捗《はかど》らない、と聞いている。おそらく今日は息抜きのために、坂村堂に引っ張ってこられたのだろう。おりょうの脇から座敷を覗いて、澪は口もとを綻《ほころ》ばせた。

「坂村堂さんはともかく、清右衛門先生は、ご自身が周りを明るくしていることにお気付きではないのでしょうけど」

つる家は本当に良い常客に恵まれた、と澪はつくづく思う。昔、天満一兆庵の嘉兵衛から教わったことだが、何かを美味《おい》しい、と思うのは、ただ料理の味のみで決まるものではない。どんな場所で誰と食べるか、というのも大いに味を左右する。見知らぬ者同士が料理をきっかけに話したり、ほかのお客の会話に相槌《あいづち》を打ったりして、和《なご》やかな雰囲気の中で食べるものは、いずれも美味しく感じるものだ。

つる家の料理を美味しくするのはお客さんたちだわ、と思った途端、澪の眉は曇った。

吉原で天満一兆庵を再建するのか。

神田須田町へつる家を移すのか。

目の前に差し出された選択肢はふたつ。ふたつきりなのだ。

ここでこのまま、というのは叶わぬ夢か。

――ひとは与えられた器より大きくなることは難しい。あなたがつる家の料理人でいる限り、あなたの料理はそこまでだ
柳吾の声が耳に戻り、澪は唇を引き結ぶ。

吉原と神田須田町。どちらを選んでも、与えられる器は一回りも二回りも大きくなるに違いない。つまり、料理人としてより高みを目指すならば、ここにこのまま居ることは出来ない、ということなのだ。

「澪、はてなの飯のお代わりを二人前だす」

芳の注文を通す声に、澪ははっと我に返った。つる家の書き入れ時は、まさにこれからだった。余計なことを考えるのはよそう、と自身に言い聞かせ、澪は襷《たすき》を一度解

き、きゅっときつく締め直した。

　無事にその日の商《あきな》いを終えようとした、六つ半（午後七時）過ぎ。先に帰ったはずのおりょうが亭主伊佐三を伴《ともな》って、勝手口に姿を現した。

「伊佐さん、おりょうさん、ふたり揃《そろ》って一体どうしたんだい？」

　種市は驚いて、ふたりを招き入れる。

「親父《おやじ》さん、悪いが、おりょうのやつを二十日ばかり、店ぇ休ませてやっちゃもらえまいか」

　板敷に座るなり伊佐三は言って、種市に深々と頭を下げた。

「恩義のある親方が、卒中風《そっちゅうふう》を起こしちまった。医者の話じゃまだ軽い方らしいが、身体の右側がやられちまって、えらく不自由な様子なんだ」

「卯月に親方のおかみさんが急に亡くなったもんだから、女手がないんですよ」

　脇からおりょうも言い添えて、同じく板敷に両手をついた。

　わかったよ、と種市は鷹揚《おうよう》に頷いてみせる。

「伊佐さんの浮気騒動の時に骨折りしてくれた、あの親方だろ？　こんな時にこそ恩返ししなきゃ罰《ばち》が当たるってもんよ。店の方は良いから、二十日と言わず、目途《めど》が立つまで付いててやんなよ」

店主の言葉に、夫婦は揃って、ほっと安堵の息を吐いた。

「ご寮さんにお澪坊、それにふき坊も、そんなわけだから承知してくんなよ。おりょうさんの抜けた分は、そうさな、りうさんに助っ人を頼むか。あの婆さんも湯治やら何やらで忙しいから、早いうちに話を通しておくとしよう」

そうと決まりゃあ、ひとっ走り行ってくらぁ、と店主は身仕度を始めた。

中天に、半身を削られた月が浮かぶ。八ツ小路へ向かう種市とは昌平橋《しょうへい》の手前で別れ、四人は金沢町の裏店を目指していた。あちこちの茂みから色々な虫の音《ね》が重なって響き、黙りがちな道行きに慰めを添える。

「堪忍しとくれよ、ご寮さん、澪ちゃん」

おりょうは、幾度となく繰り返した台詞を、また口にした。

「ご寮さんや澪ちゃんの身の振り方がかかってる大事な時に、長く店を休むことになっちまって」

そないなこと、と芳が柔らかに応える。おりょうと芳の歩みがゆっくりになり、先を行く伊佐三と澪のふたりと、少しばかり距離が出来た。

こちら側の声が届かない、と踏んだのだろう、伊佐三は低い声で、おりょうから聞いたんだが、と澪に話しかけた。

「吉原の新店か、須田町へ移るか。澪ちゃんの心は決まったのかい？」

いいえ、と澪は弱々しく頭《かぶり》を振った。登龍楼の使いがつる家に来た日から、ずっと悩み続けている。こちらは奉公人の身、最後は店主の考えに従うのだが、種市自身から澪と芳、各々《おのおの》に答えを出すよう求められていた。

「月末に返事をする約束ですし、それほど日が残っているわけではないんですが」

唇《くちびる》をくっと嚙《か》む娘を、伊佐三は気がかりそうに見やった。

「無理もねぇや。親父さんのことを考えりゃあ神田須田町へ移る方へ、ご寮さんのことを思えば吉原で新店を持つ方へ。心は振り子になっちまうよなあ。ただ……」

伊佐三は労《いたわ》りの滲む声で続けた。

「どっちを選んだって、おりょうも俺も応援させてもらうぜ。そんなに大した手助けが出来るわけでもねぇが、それでもまぁ、何も無いよりはましだろうからな」

後ろでおりょうが笑いだした。

「やだよ、お前さん、皆が呆れるほど無口なはずだったのに、最近じゃあすっかりお喋《しゃべ》りじゃないか」

違《ちげ》えねぇ、と伊佐三が頭を掻《か》いてみせて、四人がわっと朗笑《ろうしょう》する。笑いながら見上げる月が、じわりと滲んだ。

「それじゃあまだ、心は決まらねぇのか」

葉月最後の「三方よしの日」。調理場に現れた又次は、澪の返事を聞くと、失望を露《あら》わにした。済みません、と澪は肩を落とす。

又次の望みはわかっていた。伝右衛門の申し出を受けて吉原へ移れば、あさひ太夫《だゆう》がどれほど心丈夫に思うか。また、澪にしても、太夫の身請《みう》け、という途方もない夢を実現できる最も確かな道筋といえるのだ。

掃除のために井戸の水を運んでいるのだろう、開け放った勝手口から、ふきの軽い下駄音が届く。又次は暫く口を噤《つぐ》んで考え込み、やがて、仕様がねぇな、と洩らした。

「色んなひとの幸せを考えて、雁字《がんじ》搦《がら》めになっちまう。あんたらしいぜ」

澪がそれに応えようとした時、勝手口からひょいと中を覗く人物が居た。歯がない口を全開にして、笑っている。

「りうさん」

澪は声を上げて、老婆に駆け寄った。

今年初め、健坊の藪入《やぶい》りに付き添ってくれて以来である。飛びつきたくなるのを何とか堪《こら》えて、澪は再度、りうさん、とその名を呼んだ。

「何ですねぇ、そう何度も名を呼ばなくても、あたしゃ耳は良いんですよ。澪さんも元気そうで何よりです。どれ、懐かしいこと」

りうは調理場に足を踏み入れると、早速、又次に目を止めて、おや、又さん、と二つ折れのまま歩み寄った。

「相変わらず渋くて良い男だねぇ。もう五十も若けりゃ、あたしゃお前さんを口説《くど》いてますよ。ええ、きっと口説いてますとも」

又次は固まったまま、それまで誰にも見せたことがないほど困惑した顔をしていた。

「おやまぁ、又さんまでが下がり眉になっちまった」

りうは手を叩いて笑っている。

「りうさん、もう来てくれたのかよぅ」

「りうさん、御無沙汰だした」

りうの到着を知って、種市と芳、それにふきが座敷から調理場へと駆け込んで来た。

魳《かます》の一夜干しは軽く炙《あぶ》って。里芋の黒胡麻あんはすでにこの時季からの定番。冬瓜《とうがん》の葛《くず》ひきも根強い人気だ。七つを過ぎると、一階、二階ともに、これらの旨い肴と酒を楽しむお客で席が埋まった。

人を元気づける。

「誰ですねぇ、看板娘をつかまえて婆さんだなんて」

そんな遣《や》り取りの度《たび》に、座敷が沸く。その活気が調理場に伝わって、ふたりの料理人を元気づける。

「俺ぁ、りうさんは苦手だが、あの客あしらいには舌を巻く」

座敷の方を顎《あご》で示して、又次がつくづくと言った。本当に、と澪も大きく頷いた。

客あしらいのみではない、ふたつの選択肢の間で迷い悩んでいた店主と奉公人にとっても、りうの登場は、大きな慰めと救いになっていた。

「澪さんの賄《まかな》いは久しぶりですねぇ」

五つに暖簾を終い、孝介《こうすけ》が迎えにくるまでの間に、りうは嬉々《きき》として夜食を口に運ぶ。冷や飯に熱々の湯奴《ゆやっこ》を載せて、小口切りの葱《ねぎ》と鰹節《かつおぶし》をたっぷり。千《ち》切《ぎ》った海苔《のり》を載せ、ざっと醤油を回しかけただけのものだ。豆腐を崩して冷や飯と混ぜながら食べるので、質素な上にお行儀も悪く、ひとに出せるものではないのだが、賄いでこれを口にすると、何とも幸せになる。

りうはがさがさと掻き込んで、嬉しそうに顔をくしゃつかせた。

「熱い豆腐と冷やご飯がこんなに合うとは驚きですよ。早速、うちでもやってみましよう」

芳とふきは座敷の片付け、種市と又次は酔ったお客を表へ送っていった。話すなら今しかない、と澪は板敷に両の手をついた。

「りうさん、相談があるんです」

「登龍楼か翁屋か、どっちの話に乗れば良いのか、ってことですかねぇ？」

手を板敷についたまま、澪は前に突っ伏しそうになった。驚いて顔を上げた娘に、老女は歯茎《はぐき》を見せて笑う。

「旦那さんとご寮さん、ふたりから別々に相談されましたよ。ほんとにねぇ、年寄りには刻《とき》がないんですから、相談事はまとめてほしいもんです」

賄いを平らげ、ずずっとお茶を啜《すす》ると、りうは、ひぃ、ふぅ、みぃ、と指を折った。

「今月は大の月ですから、あと七日、残ってますよ。よく考えることです」

両眉を下げるだけ下げ、澪は老女に縋《すが》った。

「りうさん、私、一体どうしたら……。旦那さんやご寮さんには何て？」

「ふたりにはそれぞれ、考えをまとめて澪さんに伝え、最後は澪さんに決めさせなさい、とだけ言っておいたんですがね」

そんな、と言ったきり、澪は声を失った。どちらの道を選んでも、きっと後悔する。

第一、主を差し置いて奉公人が決めるなどあり得ない。悲愴《ひそう》な顔をしている娘に、やれやれ、とりうは大袈裟《おおげさ》に溜め息をついてみせた。

「旦那さんが決めても、ご寮さんが決めても、双方にとって辛い決断なんですよ。だったら、お前さんが全部引き受けておやんなさい」

それが若い者の務《つと》めってもんですよ、とりうは歯のない口で笑ってみせた。

先に澪に考えを伝えたのは、種市だった。

「三方よしの日」から二日後の、夜のことだ。

「お澪坊、悪いが、それが済んだら内所へ茶を持ってきてくんねぇか。思いきり濃く淹《い》れたのが良いや」

暖簾を終ったあと、常のように包丁の手入れをする澪に、店主が声をかける。酒ではないことに、澪は少し緊張し、言われた通りに濃く淹れたお茶を運んだ。

「ありがとよ、お澪坊。おかげで頭がすっきりした。『濃茶《こいちゃ》目の毒、気の薬』ってね。昔のひとは上手《うま》いこと言うぜ」

ほっとひとつ息を吐いたあと、種市はゆっくり湯飲みを膝《ひざ》に置いた。そして迷いのない声で言った。

「翁屋の話、あれを受けてくれねぇか」

澪は息を詰めたまま、店主の顔をじっと見た。

その眼差しを受け止めて、店主は続ける。

「健坊のこともあって、俺ぁ随分と考えた。けど、そうするのが一番良い」

失った天満一兆庵の暖簾を再び掲《かか》げることが出来れば、芳にとって一番の吉祥《きちじょう》。澪の精進で新店を吉原一の料理屋にしたなら、天満一兆庵の名は江戸中に知られるだろう。そうすれば、佐兵衛の耳にもきっと入るはずだ。自分がここに居れば、佐兵衛が訪ねてきてもすぐに芳に繋ぐことが出来る。そんな種市の思いが、短い言葉の後ろに透けて見えた気がして、澪は膝に置いた手を小さな拳《こぶし》に握った。

「旦那さん……旦那さんは、ご寮さんと若旦那《わかだん》さんのために……」

「違う、違う」

そいつぁ違うぜ、お澪坊、と店主は澪の小さな拳をぽんぽん、と叩いた。

「もう先《せん》から考えてたことだ。お澪坊みてぇな才のある料理人は、お客の懐具合やら何やらを気にせず、好きな食材を使って思う存分に料理するのが似合うのさ。つる家にお澪坊を留めておけば、せっかくの才を殺すことになっちまう。俺は何よりそれが辛《つれ》ぇ」

思いがけない店主の言葉だった。芳でも佐兵衛でも、ふきでもつるのためでもない、澪の身を一番に考えての答えだったのだ。

ふいに潤《うる》みだした双眸《そうぼう》を隠すように澪は一礼し、さっと立って内所を出た。そのまま勝手口から井戸端へ出ると、前掛けで顔を押さえて蹲《うずくま》った。


月の出の遅い夜だった。

種市とふきに見送られて俎橋を渡り、金沢町を目指す。常ならば他愛《たあい》もない話に花が咲く帰り道、しかし芳も澪も押し黙ったままだ。店主から澪に対して何か提案があったことを察しているのだろう芳は、だが、何も澪に尋ねなかった。

提灯《ちょうちん》の灯《あか》りを頼りに、昌平橋を渡る。酷暑の夏は心地良かった川風が、今は単衣《ひとえ》の肌を刺す。そや、と芳が思い出したように洩らした。

「丁度、去年の今時分だしたなぁ。ほれ、歌舞伎役者が偽物のつる家で、食あたりになって」

はい、と澪は頷いた。

全《まった》くの濡《ぬ》れ衣《ぎぬ》を着せられてしまい、坂村堂を除いて誰ひとりとして料理を食べに来てくれなくなった。料理人として澪がこれまでに味わった、最も辛い試練だった。

「女料理人というだけで偏見の目ぇで見られる。あないなことになったら、さっさとお前《ま》はんを外して、男の料理人を雇えば済むことだす。それやのに、つる家の旦那さんは、そうはしはらんかった。大したおひとやと思う」

ゆっくりとした歩みが、橋半《なか》ばで止まる。澪、と名を呼んで、芳は真《ま》っ直《す》ぐに澪を見た。

「登龍楼の話、旦那さんにお願いして、受けてもらいなはれ」

「ご寮さん、けれどそれでは……」

「天満一兆庵のことなら宜《よろ》し。旦那さんはああ仰《おっしゃ》ったけれど、ひとの懐を当てにして再建するのは、やはり筋が違う。それになぁ」

暫く躊躇《ためら》い、芳はすっと澪から視線を外した。川音に混じって、あれは五位鷺《ごいさぎ》だろうか、こぁ、こぁ、と心細げに鳴く声がする。

「ふきちゃんと健坊を一緒に、とか。つる家の旦那さんにこの折りにご恩返しを、とか。そんな耳触りのええ理由やないんだす。澪が料理人としてこの先も伸びていくためには、伝右衛門さんではあかん、旦那さんのようなひとのもとに居ることが必要なんだす」

一息に言い終えると、芳は、つくづく私は身勝手な女だすなあ、と自嘲《じちょう》してみせた。

どう応えて良いのかわからず、澪はただ萎《しお》れて立ち尽くす。黙り込む娘を見かねたのか、芳は、澪の提灯に手を伸ばし、促《うなが》すように橋を渡りだした。

翁屋の話を受けろ、という種市。

登龍楼の方を受けろ、という芳。

正反対の答えでありながら、その根底にあるのはどちらも同じ。ただ、澪のために。

そのことが澪には切なく、哀《かな》しかった。

布団に身を横たえ、夜着にくるまっても寝付かれず、眠れないまま夜明けを迎える。

それが二日ほど続いた、朝。

その日は嘉兵衛の月忌《がっき》だった。

澪はまだ薄暗いうちに起きだして、芳の眠りを妨《さまた》げぬように、そっと裏店を抜けだした。夜明けの町を小走りに駆け通し、目当ての白魚橋《しらうお》に辿《たど》り着いた時には周囲はすっかり明るくなっていた。橋の欄干に手を置いて、荒い息を整える。眼下、薄く川霧のたなびく中を筏《いかだ》が行き来して、切り出したばかりの青竹の芳香《ほうこう》が周辺に漂っていた。

視線を移すと、竹河岸《たけがし》稲荷の祠《ほこら》の屋根の向こうに、一軒の水茶屋があった。もとは天満一兆庵の江戸店だったところだ。今の持ち主が手を入れないせいか全体に薄汚れてはいるが、出格子《でごうし》にこけら葺《ぶき》の通り庇《ひさし》など、上方《かみがた》風の店構えは昔の姿のまま。

——旦那さん、私、わからんようになってしもたんだす。どないしたらええのか……

胸の中で幾度、嘉兵衛の面影に問いかけても、何の返答もなかった。肩を落とし、とぼとぼと竹河岸を過ぎ、一石橋《いちこく》の方へと歩き続ける。考えても考えても堂々巡りで、答えの出ない日々に、澪は疲弊《ひへい》していた。

ふと、甘い香りが鼻腔をくすぐった。すうっと深く息を吸い込んでみる。ああ、これは豆乳を煮る匂いだ。この辺りに豆腐屋があったのか、と探しかけて、こんな時でさえ食べ物に心が動くことに恥じらいを覚える。

板壁の真新しい小さな店から、その香りは流れていた。中を覗くと、店主らしい中年の男が小僧を殴りつけている。

「見てみろ、手前が中途で勝手に重石《おもし》を外しちまったから、こんなことになった。もう売り物にならねぇだろうが」

澪は好奇心に負けて店内に入り、桶の中を覗きこんだ。水を張った大きな桶に、角の崩れた見るからに柔らかそうな豆腐が浮いていた。澪に気付いた店主が、

「油揚げか何か買ってもらえりゃあ、その出来損《できそこ》ないの豆腐をつけますぜ」

と、揉《も》み手してみせた。店主の隣りで、小僧もべそをかきながらお辞儀を繰り返す。

言われた通り油揚げを買い、小さな桶を借りて、豆腐を賄い用に少し分けてもらった。そっと指で触れてみると、棒手振りから買う豆腐よりは遥《はる》かに柔らかいが、笹の雪や淡雪豆腐など名物豆腐の柔らかさにはとても及ばない。なるほど中途半端な感触だ。けれどもこれを湯奴にしてご飯の上に載せれば、りうの口にきっと合うだろう。

そう思いつくと、塞《ふさ》いでいた胸にさっと陽《ひ》が差し込むようで、澪は桶を胸に抱え込み、久々に軽やかな足取りでつる家を目指した。

「お澪坊、期日は明後日《あさって》だぜ。急《せ》かす気はねぇが、そろそろ決めてくんなよ。登龍楼に断りに行くにしても早《はえ》ぇ方が良い」

調理場へ顔を出すなり、店主にそう釘を刺された。豆腐を手に入れただけで膨《ふく》らんでいた胸は、いとも簡単に萎む。

「はい。約束の日までにはきっと」

萎れたまま、澪は店主に誓った。夜食に使おう、と決めて豆腐は水を張った桶に浮かべ、布巾《ふきん》をかけて調理台の隅に置く。

深呼吸をひとつ。色々と悩むところはあれど、今はただ料理に専心しよう、と決めて澪は包丁を手に取った。

「旦那さんに従うか、ご寮さんに従うか、心は決まりそうですか？」

間もなく暖簾を終う刻限を迎えようとしていた時、調理場へ顔を出したりうが、何でもないように問いかけてきた。店主と芳は座敷の方で、話好きのお客に引き留められたままだ。

「それが……」

鍋を簓《ささら》で洗っていた澪は、肩を落とし、首を振ってみせた。

やれやれ、とりうは腰を曲げたまま板敷に座り込んだ。間仕切りから座敷を覗いて、

「あのお客は長《なが》っ尻《ちり》ですよ。ふたりは当分、放してもらえそうもありませんねぇ。あたしゃ、もうひもじくて死にそうだってのに」

と、呟いた。その証のように、きゅるきゅると腹の虫も派手に鳴いている。

「旦那さんから『りうさんの手が空けば、夜食を先に取ってもらうように』と言われてます。今、用意しますね」

澪は立ち上がり、桶の豆腐を手に取った。水を張った鍋に塊のまま豆腐を入れ、火にかける。途中、塩をひと摘《つ》まみ。豆腐の芯《しん》まで熱くなるように、火を加減しながら、くつくつと煮る。合い間に冷や飯を用意するのだが、いつもの飯碗に装おうとしたところで、りうから「待った」がかかった。

「年寄りは食欲に波があるんですが、あたしゃ今、どうにも食欲の秋なんですよ。澪さん、悪いんですがねぇ、もう少し大きな器にしてもらえませんか」

りうのおどけた口調に、澪も頰を緩める。いくつか器を取り出し、りうに選んでもらうことにした。

「その一番深くて大きぃのでお願いしますよ」

はい、と澪は笑いながら頷いた。酒粕《さけかす》汁用の黒い大きな丼鉢《どんぶりばち》に冷や飯を装う。そこに熱々の豆腐を杓子《しゃくし》で大きく掬《すく》って載せる。柔らかめの豆腐なので、掬い取った形が美しい。小口切りの葱と極薄に削った鰹節をどっさり。今日は卸した生姜を上にちょんと置き、さっと醬油を回しかけた。

「さあ、どうぞ」

澪が勧めると、りうは両手で丼鉢を包んで、幸せそうに顔をくしゃつかせた。箸で熱々の豆腐を崩しながら、冷や飯と混ぜて口へ運ぶ。

「豆腐が柔らかいから、この間のよりも一層美味《おい》しいですねえ。このまま極楽に行っちまいそうですよ」

豆腐屋から売り物にならない豆腐を譲ってもらった、と聞き、りうは歯のない口を大きく開けて、そりゃあ良い、と笑う。

「安い材料、捨てるに忍びない材料を、あまり手間をかけず、けれども美味しく仕上げてこその賄いですよ。この賄い料理は、材料に良し、作り手に良し、食べ手に良し、まさに三方よしの賄いですとも」

昆布も酒も使わない、ごく倹《つま》しい賄い。それを褒《ほ》められて、澪はじんわりと嬉しくなる。りうは七十六歳とも思われぬ健啖《けんたん》ぶりで瞬《また》く間に丼を空《から》にした。澪にお茶を淹れてもらいながら、ところでねぇ、と切り出した。

「お前さん、本当は自分がどうしたいか、とうに気付いてるでしょうに」

澪は土瓶《どびん》の手を止めて、りうを見た。老女の皺に埋もれた瞳が優しく促している。

澪はこの問題を抱えて以来、初めて素直《すなお》な気持ちになった。土瓶を脇に置くと、膝に手を載せて、はい、と頷いてみせた。

「翁屋と登龍楼、そのどちらの提案も受けたくないんです。このまま、このつる家のまま……」

この店が好きなのだ。間仕切り越しに、お客が澪の作った料理を幸せそうに食べる姿を目にする時、どう言い表せば良いのかわからないのだが、両の手を合わせて何かに感謝したくなる。

「だったら、悩むまでもないこと。その気持ちのままを旦那さんやご寮さんに話せば良いじゃありませんか」

何でもない口調で言う老女の膝に、澪は思わず取り縋《すが》った。

「けれどそれでは、私は料理人として伸びることが出来ないんです」

それまで誰にも明かしていない、柳吾から投げられた台詞《せりふ》を、澪はりうに打ち明けた。口にするだけで胸が幾つもの矢で突かれる思いがするあの台詞を。

りうは黙って澪の話に耳を傾けていたが、聞き終えて笑いだした。

「若いですねぇ、一柳の店主は」

澪は戸惑って、両の眉を下げる。

「若くはないです。六十半ばくらいかと」

「あたしに言わせりゃあ、男も女も人生の仕組みがわかるのは七十過ぎてから。六十代なんざ、まだ青臭い若造ですとも」

ああ、可笑《おか》しい、とりうは腹を押さえてまだ笑っている。澪は眉を下げたまま、辛抱強く老女の笑いがおさまるのを待った。笑い過ぎて目尻の皺に溜まった涙を指で拭いながら、りうは事も無げに言った。

「与えられた器が小さければ、自分の手で大きくすりゃあ済むことですよ」

ほら、と自身の手もとの空の丼鉢を示す。先ほど、小さい器は嫌だから、と澪に替えさせたものだ。澪は、はっと息を呑んだ。

与えられた器を、自身の手で大きくする——そんな考えに思い至らなかった。

澪の様子が可笑しい、とりうはまた、ふぉっふぉと歯のない口で笑う。ひとしきり笑うと、今度は極めて真面目《まじめ》な顔になった。

「この歳になればわかることですがね、精進を続けるひとに『ここまで』はないんですよ。『ここまで』かどうかは、周りが決めることではなく、自分自身が決めることでしょう。一柳のいう器の話だって同じことです」

りうの声は、澪の心の襞《ひだ》の奥まで沁みていく。店の格、設え、そんなものに目を奪われる前に、自分が料理人として高みを目指すためにすべきことは沢山《たくさん》ある——ふたつの選択肢の間で振り子のように左右に揺れていた心が今、静かに止まった。

娘の心が定まったのを悟ると、りうは、にこにこと頷きながら湯飲みのお茶をずずっと啜った。

「あたしゃ、ご寮さんが登龍楼の提案を受けようとしたことが意外でしたよ。ここの旦那さんはともかく、聡《さと》いご寮さんならきっと気付くと思ったんですがねぇ。一柳の店主同様、ご寮さんもまだまだ若い、ということでしょうか」

「何に、でしょうか」

一体、芳が何に気付いてない、というのだろう。澪は戸惑い、りうの返答を待った。だがりうは、さぁ何でしょうね、ととぼけたきり会話を打ち切った。

長い一日を終え、漸《ようや》く暖簾を終ったつる家の内所で、澪は息を詰めている。りうは孝介が迎えに来てとうに帰ってしまい、ふきは二階へ上がった。先《せん》から潜んでいたのだろう、蟋蟀《こおろぎ》が屏風《びょうぶ》の陰でころころと呑気《のんき》に鳴いていた。

「ちょ、ちょっと待ちな」

澪の決意を聞いて、種市は混乱した表情で口を開いた。

「するてぇと何かい、翁屋の申し出も、登龍楼の話もどっちも断るってぇのかい」

「澪、何でだす」

傍らの芳も、戸惑って澪に縋《すが》った。

「どっちも断る、て。ほな、一体どないするつもりだす」

澪は畳に両の手をつくと、ふたりの顔を交互に見て、はっきりと答えた。

「このまま、今のまま、つる家の料理人で居させてください」

お頼み申します、と額を畳に擦り付ける娘の姿に、種市も芳も微妙な顔で考え込んだ。蟋蟀の鳴く音が永遠に続くように思えた頃、なるほどなぁ、と種市が吐息交じりに呟いた。

「ふたつにひとつの道しかねぇと思い詰めていたが、確かに、今のまま変わらず、ってのもあったんだよなぁ」

ほんに、と芳も静かに頷く。

「目の前に示された道筋に目が眩《くら》んでしもてました。恥ずかしいことでおます」

これまで通り、このまま変わらずに。

敢《あ》えて言葉にして確かめ合わなかったが、三人の気持ちはぴたりと重なった。

澪は顔を上げ、視線を二階へ向けた。自身の決意に迷いはないが、ふきと健坊のことを考えるとやはり辛い。それに野江を取り戻す手立ても失ってしまうのだ。

三方よし、のように誰にも良い答えというのを見つけることは出来なかった。それでも、選んだ道で一心に精進を重ねるしかないのだ。そうすれば、きっと良い風も吹くだろう。今はそれを信じよう、と澪は唇を固く結んだ。


「今日もええお天気や」

裏店の引き戸を開けながら、芳が明るい声を上げる。

半分開いたままの引き戸から、清涼な朝風が忍んで、湿った秋の香りを部屋に残していく。路地の草花の抱く朝露の匂いだろうか。良い香り、と澪はそっと鼻から息を胸一杯に吸い込む。

「澪、やっぱり伊佐三さんか源斉先生にお願いして、付き添うてもろたらどないだす。私からお願いしてみますよって」

身仕度を整える娘に、芳は如何《いか》にも気がかりだ、という口調で声をかける。

「大丈夫です。幾度か通って道は知っていますし、私ひとりの方が」

そう応えて、両の手で黒繻子《しゅす》の帯の前と後ろをぽんぽん、と軽く叩いた。すっと背筋が伸びる。

一昨夜の話し合いで、登龍楼への返事は種市が、伝右衛門への返事は澪が、それぞれ伝えに行くことになっていた。昨日のうちに種市が翁屋へ使いを遣《や》り、今日の昼前に澪が行くことを伝えてくれている。なので急《せ》くことなく、吉原を目指せば良かった。

漉《す》き返し紙に包んだ油揚げを手に、芳に見送られて裏店を出る。朝の冷えた空気が肌を刺す。明日から長月《ながつき》、今日が単衣の着納めだわ、と澪は空いた方の手で片方の腕をさすった。見上げれば、朝焼けの名残《なご》りの空だ。

途中、化け物稲荷に立ち寄ると、神狐《しんこ》がいつものようにひとり、ふふっと笑って澪を迎えた。その足もとに油揚げが供えられているのを見て、澪は、小さく息を吐く。

それを置いたひとが健《すこ》やかであるように祈り、持ってきた油揚げを上に重ねた。

小さな祠《ほこら》の前に蹲《うずくま》って、手を合わせる。翁屋の話を断ることで、天満一兆庵の再建も、野江の身請けも、ともに遠ざかってしまう。神仏から与えられた好機であるなら、無駄にしてしまったことを懸命に詫びた。

頭上で、楠《くすのき》の葉がさやさやと風に鳴る。澪は合わせていた手を外して、そっと胸にあてた。単衣の生地を通して、蛤《はまぐり》の片貝のこつんと固い感触が掌に伝わる。

野江ちゃんをお守りください。

どうか、野江ちゃんをお守りください。

澪は胸に当てていた手を再び合わせ、祠に頭を下げて、ひたすらに祈った。今は祈ることしか出来なかった。

娘の傍らで駒繋《こまつなぎ》が揺れている。夏の間、次々に可憐《かれん》な赤い花を咲かせて楽しませてくれたが、最後の一輪も枯れ始めていた。祈りを終えると、澪は残花に気付いてそっと撫でた。視線を感じて、神狐を見る。野江に似た瞳が、私も撫でて、と語りかけてくる。澪は手を伸ばすと、神狐の折れた耳を優しく撫でた。

一体いつ、天満一兆庵を再建出来るのか。

野江を吉原から取り戻すことが出来るのか。

澪自身にもわからない。それでも、どうかここで見守っていてください、と神狐に祈った。

道のりに足が慣れたせいもあるのか、日本堤《にほんづつみ》から衣紋坂《えもん》を下り、大門《おおもん》の外に辿《たど》り着いたのは意外に早く、四ツ半（午前十一時）前だった。昼見世までまだ少し刻があるためか、周辺は人影もまばらだ。ふと見れば、大門前を行きつ戻りつする男の禿頭《とくとう》が目に入った。

あ、と思った時、相手もこちらを振り返った。翁屋楼主、伝右衛門そのひとだった。

「昨日のうちに使いをもらったのでね」

そろそろ着く頃だ、と待ちかねていたとのこと。切手を受け取って、伝右衛門のあとから黒塗の冠木門《かぶきもん》を潜る。

前にここを訪れたのは花見の宴の時だったが、すでに遊里の春は忘却の彼方《かなた》。豪奢《ごうしゃ》な桜並木だった仲の町《なかのちょう》を、今は湯屋帰りの遊女らが、秋風に震えながら足早に歩いている。

「翁屋で話を聞く前に、天満一兆庵になる店を見ておきなさい」

伝右衛門は、よもや例の話を断られるとは微塵《みじん》も思わぬ様子で、満面の笑みを湛《たた》えて傍らの澪を見た。

いいえ、と澪は頭を振る。その素振りと表情とで澪の回答を知ったのだろう、楼主の歩みが止まり、顔から笑みが引いた。だがそれもほんの僅《わず》かな間で、伝右衛門は老獪《ろうかい》な薄笑いを浮かべ、再び歩きだした。

「まぁ、ついて来ることだ」

仲の町を右に折れて江戸町一丁目の表通り。翁屋の前を通り過ぎても楼主の足は止まらない。じきに西河岸へ出てしまう、という手前で漸く伝右衛門は立ち止まった。

「ここですよ」

澪を振り返り、伝右衛門は肉に埋もれた目をさらに細めて、一軒の店を示した。

二軒先は榎本《えのもと》稲荷、という立地。大見世、中見世《ちゅうみせ》の立ち並ぶ江戸町一丁目にあって、もとは小見世だったのだろう、廓の格を表す籬《まがき》は低く、間口も翁屋の半分もない。だが、暖簾の外れた門口から覗く室内の、こざっぱりとした清潔感は意外だった。確かにここを料理屋にすれば、お客も入るだろうし、仕出しも売れるに違いない。

「この籬を外して、中も造り替えるつもりだ。お前さんの使い勝手の良いように」

伝右衛門は、そう探りを入れるのだが、澪の双眸《そうぼう》に熱がないのを見て、口を歪《ゆが》めた。むっつりと黙ったまま翁屋の方へ歩き出した楼主のあとを、澪は同じく黙って追った。

「お帰りなせぇまし」

楼主の姿を認めて、台所から又次が顔を出した。伝右衛門の表情を読んだのだろう、又次は沈んだ眼差しを澪に向ける。どう応えて良いかわからず、澪はそっと俯《うつむ》いた。

「又次、手前は顔を見せるんじゃねぇ」

料理番を一喝すると、伝右衛門は澪を振り返り、顎で内所を示した。

翁屋の内所は遊女らが食事を取る大広間と繋がっている。昼見世を前に食事を摂《と》る遊女が幾人か。楼主と連れ立って内所へ向かう澪のことを、驚いたように眺めた。

「お前たち、今、何刻だと思ってんだい。さっさと箸を放して仕度しな。さもないと折檻《せっかん》だよ」

遣り手に追い立てられ、遊女らは最後のひと口を搔《か》き込んで、そのまま逃げるように二階へ続く階段を駆け上がる。

人払いした内所で、伝右衛門は、内儀が置いていったお茶をひと息で飲み干した。茶碗を戻すと、剣呑《けんのん》な目を澪に向ける。

「では、返事を聞かせてもらおうか」

はい、と澪は畳に両手を置くと、

「せっかくのご厚意ですが、この度のお話、お受け出来ません。どうかお許しくださいませ」

と、ひと息に言って、頭を深く下げた。

伝右衛門は暫《しば》し、無言だった。ただ、じわじわと血の気が頬を染め、耳朶《じだ》を染め、やがて楼主の禿頭までを真っ赤に染めた。憤怒《ふんぬ》の形相《ぎょうそう》で澪のことをじっと睨んでいた伝右衛門だったが、

「たかが女料理人の分際で、ようもようも、この翁屋の厚意を無に出来たものだ」

と、吐き捨てた。

澪は震えながら平伏して詫びを繰り返し、楼主はそれを中途で遮った。

「わけを聞……いや、それももう結構」

肥えた身体を重そうに持ち上げながら、伝右衛門は針を含んだ声で続ける。

「もう少し気骨のある女かと思っていたが、大方、成り上がりの登龍楼から鼻薬《はなぐすり》でも嗅《か》がされたことだろうよ」

えっ、と澪は我が耳を疑った。何故、今、伝右衛門の口から登龍楼の名が出るのか。

「待ってください」

内所を出ていこうとする伝右衛門の足もとに、澪は思わず縋《すが》りついた。

「確かに、登龍楼から神田須田町の店を居抜きで買わないか、という話がありましたが、そちらも断りました」

伝右衛門の肉に埋もれた細い目が、かっと見開かれる。ゆっくりと澪の脇に片膝をつき、娘の顔を覗き込んだ。

「須田町の登龍楼を居抜きで？」

「はい、三十両で。ただし、私がその店で料理人をすることが条件でした」

伝右衛門はそのまま畳に座り込み、じっと考えていたが、やがて、苦く笑いだした。

「ああ、なるほど。吉原への登龍楼出店を決めた采女宗馬らしい悪知恵、というわけですか」

意味がわからず眉を下げている娘に、伝右衛門はほろほろと笑う。

「遊里で旨い料理屋を出せば絶対に当たる。私のあとでそれに気付いたのが采女宗馬ですよ。何処《どこ》で嗅ぎつけたのか、奴はあの店を譲ってくれ、と言ってきましてね。どのみち、つる家の料理人はこの話を断るだろうから、と」

――登龍楼とつる家は料理番付を競い合う仲。これからも正々堂々、料理の道で勝負したい

そんな綺麗ごとを並べた裏で、吉原に澪の店を出させまい、と画策していたという

のか。居抜き、三十両という値、健坊。澪を揺さぶるために用意された手は巧妙で、吐き気がする。

　唇を嚙んで怒りを堪える娘に、伝右衛門は、

「つる家が登龍楼の話を断ったとなると、采女宗馬は今頃、地団駄を踏んでいることだろう。お前さんがこちらの話も断ったことは知らないわけだからね」

と、ゆるゆる笑った。

　登龍楼に油断をしていた。巧妙な筋書きにうっかり乗せられてしまうところだった。あの時、りうが言わんとしたのは恐らく、警戒心を失うことへの警鐘《けいしょう》だったのだ。

「だが、お前さんに来てもらえないなら、宝の持ち腐れになる。あの店は早晩《そうばん》、登龍楼に譲ることになるが、それで良いんだね？」

　最後に今一度問い、娘の決意が揺るがないことを確かめると楼主は溜め息をついた。

「千両箱を脇から登龍楼に持っていかれる気分だ。まあ、その分、せいぜい盛大に売値をふっかけてやるとしよう。お前さんたちも、うちからの話を断ったことは暫く伏せて、登龍楼をゆさゆさと揺さ振ってやれば良い」

　それにしても、と伝右衛門はいかにも不思議そうに首を捻《ひね》る。

「一体、何故、両方の申し出を断るのか」

思えば、当然の疑問だった。

どう話せば良いのか逡巡《しゅんじゅん》しつつ、澪はゆっくりと唇を解いた。

「元飯田町《もといいだまち》のつる家は小さな店ですが、お客さんの顔が見えます。私の作る料理に対して、嘘偽《うそいつわ》りのない声を聞くことが出来ます。口に合わない時にはきっぱりと拒まれ、逆に美味《お》しい時には幸せそうな顔を見せて頂けます。私はそういう店で精進を重ね、料理人としての器を広げていきたいのです」

一瞬、虚を突かれた伝右衛門だが、その頬がひくひくと痙攣《けいれん》したかと思うと、天井を仰《あお》いで呵呵大笑《かかたいしょう》した。

「気に入った、気に入りましたよ」

そう言いながらも笑い止《や》まない楼主に、澪は困って両の眉を下げるばかりだった。

上機嫌の楼主は手を叩いて料理番を呼ぶように命じた。そして澪に、

「これから元飯田町まで帰るのではひもじいだろう。又次に何か作らせよう」

と言って、また上機嫌で笑いだすのだった。

花見の宴の料理を作った懐かしい台所で、又次が冷や飯を握っている。鰯の味醂干しを炙ったものと、沢庵がふた切れ。湯気の立つ味噌汁。それらを足つきの膳に並べ

た。てっきりここで食べるものと思っていた澪に、又次は、こっちだ、と膳を抱えて歩きだした。

「又次、その娘を何処へ連れてく気だい」

階段をのぼる又次を見咎《みとが》めて、遣り手が飛んできた。

「このひとに飯を食わせるよう言われたのさ」

又次は言うと、膳を澪に渡し、懐から何かを取り出して、素早く遣り手に握らせた。

「急いどくれよ。じき昼見世が始まるし、見つかると煩《うるさ》いんだからね」

遣り手は零《こぼ》して、掌の中のものを袂《たもと》に隠した。小粒銀のようだった。

階段を上がると、左側に花見の宴が催《もよお》された引付《ひきつけ》座敷がある。その奥は部屋持ちの花魁《おいらん》の居室だろうか。右側には、細かく仕切られた下級遊女の部屋が並ぶ。両側を分ける幅の広い廊下。この廊下を野江が渡ってきたのだ。そんなことを思い返していた時だった。又次が、独り言のようにぼそりと呟いた。

「折檻覚悟の新造《しんぞう》たちの粋《いき》な計らい、か。菊乃《きくの》が居りゃあ、もうちっと上手《うま》く手引き出来るんだろうが、まぁ、仕様がねぇ」

そして澪を振り返ると、事も無げにこう言った。

「ここから先は、あんたひとりで行ってくんな」

「えっ」

驚く澪に、薄く笑ってみせると、又次は階段を駆け下りて視界から消えてしまった。

ひとりで何処へ行けというのだろう、と澪は戸惑い立ち竦《すく》む。視線を巡らせると、廊下の突き当たり、左奥からすっと白い腕が差し伸べられた。「おいで、おいで」と手招きしている。廊下には他に人影もなく、澪は自分が呼ばれている、とわかっても、足が竦んで動けない。

様子を窺《うかが》っていたのか、右手前の遊女部屋の襖《ふすま》がすっと開いて、ひとりの少女が内側から押し出された。頭頂部にのみ髪を残した、六つ、七つの小さなけし禿《かむろ》だ。禿は人差し指を口の前に立てて、そっと澪の袖を引くと、そのまま、廊下の突き当たりまで引っ張っていった。先ほどの白い手の主が居る部屋なのだろう。

「太夫に」

部屋の前に立ち、小さな声で禿が言うと、

「あい、太夫に」

中から返事があって、辛《かろ》うじて通り抜けられる幅に襖が開かれた。禿が先に立って襖を潜り抜ける。澪はおどおどと膳を手にしたまま、これに倣《なら》った。長持箪笥《ながもちだんす》に飾り夜具《やぐ》が置かれた部屋。座敷持ちの花魁の「次の間」らしい。そこに先の手の主、と思《おぼ》しき女が控えていた。暗色の御召縮緬《おめしちりめん》に黒繻子の巻帯、三十路《みそじ》らしい落ち着いた風貌の、番頭《ばんとう》新造、と呼ばれる世話係だった。その女が、澪を認めてひっそりと頷いた。

ふいに奥から声がかかる。

「何か用かえ」

襖の奥の本間から、花魁の尋ねる声がした。こちらの気配に気付いたのだろう。びくりと身を縮める澪に、新造はふっと微笑み、禿同様、唇にひと差し指を立ててみせた。

「いえ、花魁。太夫の中食《ちゅうじき》でありんす」

淡々と答えると新造は、今度は隣室の方を向き、良く通る声で呼びかける。

「太夫に」

「あい、太夫に」

襖の向こうから応えがあり、隣室の襖がまたすっと幅狭く開かれた。

禿に先導されて入ると、先と同じ造りの「次の間」で、同じような設えの中に、今度は振袖《ふりそで》姿の若い新造が控えている。新造は澪に頷いてみせると、さらに隣りの部屋へ襖越しに呼び掛けた。

「太夫に」

即座に、鈴を振るような声で返事があった。

「あい、太夫に」

座敷持ちの花魁に付いている新造たちが、「次の間」伝いに澪をあさひ太夫のもとへ繋ごうとしてくれている――これこそが、又次の言う「新造たちの粋な計らい」に違いない。もしや、との思いが確信に変わり、膳を持つ手がわなわなと震えだした。

幾つもの「次の間」を経《へ》た末、出格子窓のある部屋へ辿り着いた。差し込む陽が室内を明るく照らしている。窓があることから、それが一番端《はし》の部屋と知れた。花熨斗《のし》を散らした振袖姿の美しい新造が膳を取り上げ、澪の耳に、紅を引いた唇を寄せる。

「襖は決して開けてくれるな、とのことでありんした」

そう言い残して禿の手を引くと、そっと出ていってしまった。ひとりになった澪は、震えながら本間の方へ歩み寄る。

「あ」

襖に描かれた絵を見て、小さく声が洩れた。

墨の濃淡を生かして描かれた厚い雲。それを吹き飛ばす風。雲の切れ間から、川に架かる橋が覗いている。緩やかに弧を描く幅広の、長い橋。

「これ……天神橋や」

記憶の底に刻まれた、懐かしい郷里の橋。父や母、それに野江と、数え切れぬほど繰り返し渡った、懐かしい橋。

遠い日々、色鮮《あざ》やかな数多《あまた》の思い出が一気に押し寄せて、胸が苦しくなる。

「そう、天神橋なんよ」

襖の向こうから、涼やかな声がした。八朔《はっさく》の俄《にわか》で、澪を呼んだ声に違いない。

澪は襖に取り縋った。思うように声が出ない。野江ちゃん、野江ちゃん、と幾度も挑んで、やっと掠《かす》れた声を絞り出した。

「野江ちゃん、野江ちゃんなん？」

「そう、私やよ、澪ちゃん」

野江の声を聞いた途端、堰《せき》を切ったように涙が溢《あふ》れた。

この襖の向こうに野江が居る。花見の宴で見かけた時、遠くに遠くに感じた幼馴染みが、今、この襖の向こうに居る。立っていられなくなり、澪は襖に縋ったまま、ずるずると座り込む。話したいことは沢山あるのに言葉に出来ずに、澪はただ泣きじゃくるばかりだ。

「澪ちゃん、昔とちっとも変わらへん。相変わらず泣き味噌やなあ」

ふわりと優しい声。

ああ、やっぱり野江ちゃんやわ。

澪は泣きながら襖の引手に触れた。そこに指をかけて引けば襖を開くことが出来る。けれども澪の指は、切なげに金細工の引手を撫でるばかりだった。

逢《あ》いたい、ひと目で良い、顔を見たい。

襖を開ければ叶うことだが、野江が望まない以上、決してするまい。引手に触れていた手を固く拳に握って、澪は耐えた。

「澪ちゃん、堪忍なぁ」

澪の気持ちを汲《く》んだのか、初めて野江の声が潤みを帯びた。

「あの水害で、店も家族も何もかも無《の》うなってしもた。高麗橋《こうらい》淡路屋《あわじや》のこいさん（末娘）やった私を覚えてくれてるんは、澪ちゃんだけ。せめても澪ちゃんには、遊女のあさひ太夫やのうて、野江のままで居させてほしいんよ」

うん、うん、と澪は泣きながら頷いた。十三年の空白を埋めよう、と襖を挟んで互いに言葉を探すのだが、なかなか見つけられない。澪は絵の中の天神橋にそっと掌を置いた。

「野江ちゃん、この襖の絵……。ほんに懐かしなあ、天神橋、一緒によう渡ったねぇ」

手習いの帰り道、天神橋の真ん中に立って、ふたりして天を仰いだ。そこから眺めると、手で触れそうなほど天に近い気がして……。

そやったねぇ、と応える野江の声が追懐《ついかい》の情で揺れる。

「旦那衆が私のために、名高い絵師に命じて、昔の大坂の街並みを襖に描かせよう、としてくれはってなぁ。けど、私から絵師にお願いして、その絵にしてもろた」

失ったものは、家も街並みも命も、もう二度と戻らない。どれほど懐かしんだところで、幸せだった子供の頃には二度と帰れないのだ。

「雲と風と天神橋、私にとって、その絵は澪ちゃんと私そのものなんや」

「野江ちゃんと私……」

そう、と襖越しに野江の頷く気配がした。

「私らの頭上には、あれからずっと厚い雲が垂《た》れ込めたまま。けれど、きっとその雲を突き抜けて吹く風を――瑞風《みずかぜ》を信じてる」

瑞風、と友の言葉を繰り返す澪に、せや、瑞風や、と野江は深い声で応えた。

「どないに辛いことがあったかて、生きて生きて、生き抜く、と決めた。亡《の》うなった家族のためにも、自分の人生を諦めへんと決めたんや。そういう生き方を貫いたなら、きっと厚い雲も突き抜けられるやろ。私はそう信じてる。いつの日かまた、あの橋の真ん中にふたり並んで、真っ青な天を仰ぐ日が来る。それでこその雲外蒼天《うんがいそうてん》、それでこその旭日昇天《きょくじつしょうてん》やわ」

野江ちゃん、野江ちゃん、と友の名を、澪は切れ切れに呼んだ。

「太夫」

隣室から、新造が低く囁《ささや》く。

「刻限でありんす」

ふたりの束《つか》の間《ま》の逢瀬《おうせ》の終わりを告げる声だった。

澪ちゃん、と野江が優しく呼んだ。

「澪ちゃん、蛤《はまぐり》の片貝なぁ、あれ、私のお守りなんよ。肌身離さんと持たしてもろてる。この身ぃは籠《かご》の中やけんど、気持ちだけは、いっつも澪ちゃんと一緒や」

心を込め、慈しむ声でそう結ぶと、野江は口調を違《たが》えた。

「中食は終わりました。どうぞ下げておくれやす」

「あい、太夫」

応える新造の声が響いた。

秋の空は一層、高い。

平地よりも高い位置にある日本堤に身を置いてなお、空は高い。

その高い空に、一面の鱗雲《うろこぐも》が浮いている。堤半ばで足を止めて、澪はもう半刻ほど、天に見入っている。

野江との短い逢瀬のあと、新造たちに守られて、誰にも咎められずに翁屋を抜け出すことが出来た。大門まで送る、という又次の申し出を断った時、

「随分と険しい顔をしてるぜ」

と、言われたのが耳に残る。

昨年の八朔、今春の花見の宴。どちらの帰り道も、切なく、哀しく、後ろ髪を引かれる思いで一杯だった。だが、今は違う。

——どないに辛いことがあったかて、生きて生きて、生き抜く、と決めた。亡うなった家族のためにも、自分の人生を諦めへんと決めたんや
そう思うようになるまで、野江がどれほどの涙を流したか、澪にはわかる。

強くあらねば。

野江と同じくらい、強くあらねば。

——そういう生き方を貫いたなら、きっと厚い雲も突き抜けられるやろ。私はそう信じてる

野江の言葉を、心に刻むように繰り返す。そうして懐から取り出した蛤の片貝を握りしめたまま、澪はじっと天を見上げ続けた。

日本堤を行く昼見世目当ての男たちが、つられて空を仰ぎ見て、

「確かに見惚《みと》れちまうような鰯雲だよなぁ」

と、口々に言いながら、澪の傍らを晴れやかに通り過ぎていく。

時ならぬ花――お手軽割籠《わりご》

今朝の菊ぅ　菊の花ぁ
ええ菊ぅ　菊の花冠《はなかんむり》ぃ

花売りの老女の眠そうな声が、神保小路《じんぼうこうじ》を抜けていく。長月九日の朝である。

菊花の芳香《ほうこう》を敏感に嗅《か》ぎ取って、自然と澪《みお》の頰《ほお》は緩《ゆる》む。良い季節になった。

重陽《ちょうよう》の節句に摘む菊花は不老長寿に効く、と言われるし、今日の汁物の吸い口にしようか。店主の寝酒は、香りの芳醇《ほうじゅん》な菊酒にしよう。あとは栗ご飯だ。色々考えだすと心が浮き立って、澪は弾む足取りで俎《まないた》橋を渡った。

「あら」

じきに渡り終える、という時にふっと足を止める。物の焦《こ》げる微《かす》かな臭《にお》いを鼻が捉《とら》えたのだ。菊花の芳香から一転して物騒な、と思いながらすんすんと鼻を鳴らす。四年前に天満《てんま》一兆庵《いっちょうあん》がもらい火で焼失、二年前には神田《かんだ》御台所町《おだいどころまち》のつる家が付け火に遭《あ》った。物の焦げる臭いには、どうしても敏感になる。

川風に絡《から》め取られたのか、焦げる臭いは消えてしまっていた。気のせいかも知れない、と澪は気を取り直し、俎橋を渡り終えた。

「お澪坊の気のせいなんかじゃなかったぜ」

夕刻、店主の種市《たねいち》は、町内の寄合《よりあい》から戻るなり難しい顔で告げた。

「今朝がた、川沿いの蕎麦《そば》屋がぼやを出しちまったらしい。幸い、板敷を焦がしただけで済んだそうだが」

まあ、と皿を洗っていた手を止めて、芳《よし》が青ざめる。

「またですか。今月に入ってから、この町内で二度目だすなあ」

「先月も中坂の、あれは煮売り屋でしたかねぇ、ぼやを出してましたよ」

澪の下拵《したごしら》えを手伝っていたりうが、歯のない口を窄《すぼ》めてみせる。

「元飯田町《もといいだまち》はぼやが多過ぎますねぇ。そのうちおかみに睨《にら》まれちまいますよ」

江戸の町は火事が多い。一度火が出てしまうと、どこまで被害が広がるかわからない。百五十年ほど昔のことだが「明暦《めいれき》の大火」では、死者は十万人を超え、千代田の城も本丸を失った。以後、おかみは防火と消火に心血を注《そそ》いでいるのだ。たとえ失火でも、消し止められず火が広がってしまえば、火元は放火犯並みに扱う決まりだった。

「りうさんの言う通りさね。早速、町代《ちょうだい》が町年寄《まちどしより》に呼びつけられたらしいぜ。明日には何か申し入れがあるやも知れねぇ」

厄介なことにならなきゃ良いが、と種市は重い息を吐いた。

その日の商《あきな》いを無事に終え、孝介《こうすけ》の迎えでりうも帰ったあとのこと。調理場でひとり、包丁の手入れに余念のない澪を、芳がそっと呼んだ。

「清右衛門《せいえもん》先生と坂村堂《さかむらどう》さんがお見えにならはった。お食事はお済みで、料理の注文はおまへん。旦那さんが特別にお酒と、何ぞ軽いもんをお出しするように、と」

つる家の常客のふたりなのだが、このところずっと清右衛門の戯作《げさく》の筆が進まず、昼餉《ひるげ》を食べにくるのも間遠になっていた。きっと版元の坂村堂さんが、清右衛門先生を息抜きにお誘いになったのだわ、と察して、はい、と澪は頷《うなず》いてみせた。

たっぷりの水で洗ってから、軽く干しておいた菊花。それをちろりの底に置き、酒を注いで燗《かん》をつける。待つ間に、主《あるじ》の肴《さかな》に取り置いていた菊花雪《きっかゆき》の残りを、ふたつの小鉢に装い直した。あとは、これも店主のために取ってあった茹《ゆ》で栗を、食べ易《やす》いように剝《む》いて胡麻塩《ごましお》をぱらりと振る。

「夜遅くに済みません」

座敷に現れた澪に、坂村堂は心底申し訳なさそうに声をかけた。清右衛門は目を閉じ、むっつりと腕を組んだままだ。常《つね》にも増して機嫌が悪いのが読み取れた。種市は、戯作者の機嫌を取ることなど端《はな》から諦《あきら》めて、

「お濡坊、何も俺の肴を出すこたぁねぇだろ」

と、小声で恨み言を耳打ちする。

「せめてもの気ばらしに、と清右衛門先生を散歩にお誘いしたのですよ。そうしたら強引にこの店の中に入ってしまわれて。もう暖簾《のれん》も終《しま》われているのに」

本当に済みません、と坂村堂は丁寧《ていねい》に頭を下げた。

「清右衛門先生、どうぞお盃《さかずき》を」

芳に言われて漸《ようや》く、偏屈な戯作者は盃を手に取った。そこに芳が熱くした酒を注《つ》ぐ。

途端、ふわっと菊の爽《さわ》やかな芳香が立ちのぼった。眉間《みけん》に深い皺《しわ》を刻んでいた清右衛門が、おっ、と目を見張って盃を覗《のぞ》き込む。

朱塗《しゅぬ》りの盃に菊の花弁が二、三片。

「菊酒ですね、これは趣向《しゅこう》だ」

感嘆の声を洩《も》らす版元を、戯作者は、

「馬鹿者、今日は重陽だぞ。料理屋なら菊酒くらい出して当然ではないか」

と、一喝《いっかつ》した。それでも足りずに、ぶつぶつと零《こぼ》している。

「本来は、菊花や黍《きび》などを一年かけて醸《かも》した、菊花酒というのを用いるべきなのだが、どいつもこいつも手を抜いて、ただ菊を浮かべれば良い、と思っておるのが腹立たしい。ふん、紛《まが》いものめが」

そう言って盃に口をつけた清右衛門だが、すっと呑《の》んだ途端、ううむ、と唸《うな》り声を洩らした。坂村堂も慌てて盃の酒を口にして、ほう、と丸い目を見張る。

「これはまた何とも芳《かぐわ》しい。しかし、不思議です。花弁はほんの二、三片。なのに、ここまで菊の香りが立ち、味わい深いとは」

一体、どのような技を用いたのですか、と版元に尋ねられて、澪は両の眉《まゆ》を下げた。

「技と言えるほどのものでは……」

酒の味を大事にするなら、菊の花弁を一枚千切《ちぎ》って浮かべるだけでも充分だ。薬効を重んじるなら干した花弁を煎《せん》じて用いた方が良い。酒の味も菊花の薬効も両方ほしい、と欲張った澪が考えたのが、軽く干した菊花をひとつ、酒に入れ、そのまま燗をすることだった。翁屋《おきなや》の花見の宴《うたげ》で、又次《またじ》が桜花の塩漬けを燗酒に用いたことがあった。そこから思い付いたのだ。

「なるほど、風情《ふぜい》もある上に身体《からだ》にも良いわけですね」

坂村堂が美味《おい》しそうに丸い目を細めて呑むさまを、店主が脇で喉《のど》を鳴らして眺めている。それに気付いて、坂村堂は新たに芳に注がせた盃を、種市に差し出した。

「こいつぁ、ありがてぇ」

嬉々《きき》として受け取ろうとする種市に、清右衛門の雷が落ちた。

「この馬鹿者めが」

ひゃっ、と首を竦《すく》める店主を睨んで、清右衛門は険《けわ》しい顔で言い放《はな》つ。

「明日になればおそらく、元飯田町で火を扱う店は大変なことになる。主であるお前がそのように浮かれてどうするのだ」

戯作者の言葉に、店主と奉公人は互いの顔を見合った。

「清右衛門先生、教えておくれやす。それは一体どういう意味だす」

居住まいを正して芳が問うと、清右衛門はふん、と鼻を鳴らした。

「この町内には粗忽者《そこつもの》が大勢住んでいると見えて、先月来、ぼや騒動が続いている。これを重くみた町年寄が、奉行から灸《きゅう》を据えられる前に、名主《なぬし》を呼びつけてひとつの提案をしたのだ。中身については明朝、月行事《がちぎょうじ》から聞くことだ」

意地悪く笑い、箸《はし》を取った戯作者のことが、澪は憎らしくなった。箸が菊花雪の小鉢に届く前に、さっと手を伸ばして取り上げる。

「何をする」

「お食事はお済みで、お料理の注文は受けていないのを今、思い出しました」

ついでに栗も、と伸ばした澪の手を、清右衛門はぴしゃりと打った。

「小賢《こざか》しい女料理人だわい。中身を教えてやるから、料理は置いておけ」

「清右衛門先生、だったら初めから快《こころよ》く教えて差し上げれば宜《よろ》しいじゃないですか」

やれやれ、と首を振る版元を、戯作者はひと睨みしてから、おもむろに口を開いた。

「元飯田町で飲食を供《きょう》する店は、明日から火の扱いを朝五つ（午前八時）から四つ（午前十時）に限るように、というのが町年寄からの申し入れだ。無論、これは煮炊《にた》きの火に限ったことで、行灯《あんどん》や提灯《ちょうちん》の明かりは別だ」

その場に居た全員が驚いて腰を浮かせる。

「ちょ、ちょっと待ってくんな」

店主は、狼狽《うろた》えて声を上げた。

「火の扱いを朝五つから四つに限る、って、それじゃあ、うちは昼も夜も商いが出来ねぇってことになっちまう。そんな無茶な話があるかってんだ」

「わしに当たるのは見当違いだ」

清右衛門は、さも迷惑だと言わんばかりに唇《くちびる》を捻《ね》じ曲げる。

けど、と芳が思いついたように洩らした。

「お奉行さまからの町触れならともかく、町年寄の申し入れにそこまでこちらを縛り付ける力はおますのやろか」

ふん、と再び清右衛門の鼻が鳴る。

「もとは大坂の名料理屋の女将《おかみ》と聞いていたが、その程度の浅智恵か。良いか、度重《たびかさ》なるぼや騒動がおかみに知れて、もっと厳しい内容の町触れが出されぬように、今のうちに防火の姿勢を示す必要があるのだ。こちらの精進《しょうじん》を知れば、少しは配慮もしてもらえるだろう、という町年寄なりの腐心《ふしん》ではないか」

確かに、と坂村堂は泥鰌髭《どじょうひげ》を撫《な》でながら頷いた。

「『三日法度《はっと》』と軽んじられることも多い町触れですが、こと火事に関しては別ですからね」

おまけに昨年末の料理番付の競い合いで、つる家は深夜の火の扱いに関して随分と役人にも大目に見てもらっている。町年寄からの申し入れに関しても、従わないわけにはいかないのではないか、と坂村堂は諭《さと》した。

「一体、どうすりゃあ……」

版元と戯作者が帰ったあとの入れ込み座敷で、種市は呻《うめ》いて頭を抱《かか》え込んだ。芳と澪は言葉を失い、座り込んだままだ。盃に残った酒はとうに熱を失い、菊香を漂わせる力は残っていない。

翌朝、澪と芳は六つの鐘が鳴ると同時に裏店を出て、つる家へ急いだ。町年寄からの申し入れの件が気になってならなかった。

「ご寮《りょん》さん、澪姉さん」

俎橋の途中で、ふきが店の表から駆けてくるのが見えた。ふたりが来るのを今か今か、と待ち受けていたのだろう。その泣きそうな顔を見て、澪も芳も事情を悟った。

「澪」

芳に名を呼ばれ、澪は頷いてみせる。火の扱いが一刻《いっとき》（約二時間）に限られるのなら、今からすべきことは沢山《たくさん》あった。嘆《なげ》く暇などない。

「ふきちゃん、手伝って頂戴《ちょうだい》な」

ふきに声をかけると、澪は裾《すそ》の乱れるのも構わず、つる家の勝手口目指して駆けた。

一刻の間に、昼餉と夕餉の二回分、火を使う献立を仕上げてしまうこと。冷めても美味しいよう、白飯ではなくかて飯に。汁物は昼餉のみ。思いつく限りの工夫をまとめて、澪は片っ端から実行する。一刻の間の煮炊きに集中できるよう、つる家の主も奉公人も、全員が手分けして下拵えにかかった。

「こんな時だけでも、おりょうさんに戻ってもらえたら良いんですが」

痛むのだろう、蓮根《れんこん》の皮を剝く手を止めて、りうが腰をさすっている。

「卒中風《そっちゅうふう》の看病じゃあ無理も言えませんねぇ」

おりょうは伊佐三《いさぞう》の親方の看病のために、あれからずっと竪大工町《たてだいくちょう》に通っているのだ。仕様がねぇ、と種市も吐息交じりに応《こた》える。

「親方への義理を大事に、と言った手前、泣きつくわけにもいかねぇしな。この人数で乗り切るしかねぇや」

下拵えに取りかかって半刻もせぬうちに、朝五つの鐘が鳴りだした。澪は焦《あせ》る心を抑《おさ》えて、火吹き竹を手に取った。

銀杏《ぎんなん》ご飯、蓮根の金平《きんぴら》、春菊のお浸《ひた》し、鯖《さば》の味噌煮《みそに》。これらは冷めても美味しく食べられる。まだ余熱のある竈《かまど》に載せた鍋には、温かい茸汁《きのこじる》。取りあえず最初のお客が暖簾を潜《くぐ》る頃には、火を使う調理は終わっていた。間仕切り越しに座敷を覗くと、お客の入りも上々で、いずれも膳の上の料理に舌鼓《したつづみ》を打っている。澪はほっと胸を撫で下ろした。

だが、徐々に刻が経《た》つにつれて、お客から不満が洩れ始めた。まず、茸汁が温《ぬる》いことに苦情が出た。熱いお茶が飲めないことにも同じく。陽《ひ》の落ちる刻限になると、事態はさらに深刻になった。

「綿入れを着る季節になった、ってぇのに」

膳を前にしたお客が、怒りを堪《こら》えて唸る。

「湯気の立つもんが何ひとつ無《ね》ぇ、ってのは一体どういう了見だ」

そうとも、と離れた席のお客も怒鳴った。

「熱い酒でも出すってぇんなら辛抱もするが、これで銭を取ろうなんざ、こちとら我慢がなんねぇ」

「ですから、旦那、先に話しておいた通り、火の扱いを限られちまったんで……」

店主が釈明に回っても、お客の怒りは収まらない。箸も取らず、銭も支払わずに席を立つ者が続いた。澪はその様子を調理場から暗澹《あんたん》と見守り、奥歯を嚙《か》み締めた。

元飯田町の食べ物店に課せられた火の扱いについての申し入れは、翌日には周辺も熟知するところとなった。澪と芳はつる家に泊まり込んで早朝から下拵えにかかり、火の使える一刻を充分に利用出来るよう力を尽くしたが、料理が冷めるのを防ぐことは出来ない。お客の入りは夕刻になるにつれ減り、陽が落ちる頃には暖簾を潜る者も居なくなった。

「小腹が空《す》いたし、この辺《あた》りで何か食って帰るとするか」

「止《や》めとけ止めとけ。肌寒いのに冷や飯、冷や汁、と冷たいもんばっかりだ。ちと遠いが川沿いを下って三河町まで出りゃあ熱いもんにありつけるぜ」

違《ちげ》ぇねぇ、と笑いながら店の前を通行人が過ぎていく。ひと気のない店内で、つる家の面々はぐっと唇を嚙んだ。

火の扱いが制限されて、三日目。川沿いの蕎麦屋が前夜のうちに逃げ出したことが判明した。この度の申し入れの発端となった、ぼやを出した店である。

「あちこちから責め立てられて居辛くなった、ってぇのもあるだろうが、蕎麦屋が火を使えねぇとなると、どうしようもねぇからな」

自身も蕎麦打ちだった経験から、種市は気の毒そうに首を振った。そんな店主を見て、呑気《のんき》な旦那だこと、とりうは呆《あき》れる。

「明日は我が身、ってな言葉がありますがね。つる家だって、今のままで良いわけじゃないですよ」

りうの言い分はもっともで、澪は客足の止んだ座敷を眺めて、肩を落とした。

長月二度目の「三方よしの日」の朝。

事情を知らずにつる家を訪れた又次は、店主から話を聞いて、険しい表情になった。

「これが夏の最中《さなか》なら何とか凌《しの》ぎようもあるが、この時期に熱いもんが出せねぇのはきついぜ。まだ身体が寒さに慣れてねぇから、日が暮れて冷えたものを食わされると、一層気持ちも荒《すさ》む」

その通りだわ、と澪は小さく頷いた。とはいえ火を使えない夜には、湯気の立つ熱いものをお客に供する術《すべ》はないのだ。

「まぁ、気を落としたところで仕様がねぇ。昼餉は客が見込めるだろうから、夜の分まで食ってもらうことにしようぜ」

萎《しお》れた澪を見かねたのだろう、又次は威勢よく言って山芋を手に取った。

つる家の表格子に、店主の手で「三方よしの日」の貼《は》り紙がされたのだろう。通行人の声高《こわだか》な話し声が調理場にまで届く。

「今日は十三夜だぜ。後《のち》の月くらい、熱い酒をきゅっとやりながら拝ませてくれても罰《ばち》は当たらねぇのによ」

「仕方ねぇな、良い店だが夜は使えねぇ」

耳を塞《ふさ》ぎたくなる思いをぐっと堪える。大丈夫、これまでだって、色んなことがあった。澪は自身に言い聞かせて、たっぷりの水で菊花を洗う。火が使えるうちに菊花雪用の菊を用意しておこうと思った。

お客に少しでも熱いものを、と暖簾を出すのを早めたのが功を奏して、つる家で昼餉を取ろうとするお客が続々と訪れる。刻が経つにつれ、その数は徐々に減っていく。それでも日中はまだ良かった。酒を出す七つ（午後四時）になっても、座敷には空きが目立ち、暮れ六つ前には誰も居なくなった。

店主や芳たちが交代で表に立って呼び込みを試《こころ》みたが、顔馴染《かおなじ》みの者も、悪いな、と拝む仕草を見せて、足早に通り過ぎていくばかり。

表の様子を気に病んでいた澪だが、思い直して包丁を手に取った。残りの烏賊《いか》を捌《さば》いて、両面の薄皮を外《はず》して俎板《まないた》に置く。おっ、と又次が傍《そば》へやって来た。

「何が始まるんだ？」

「旦那さんの肴を作っておこうかと思って」

烏賊の表に、縦に細かく切り込みを入れて裏返す。菊花雪用に下拵えしていた菊を、烏賊の上に薄く敷き詰めるように散らした。そうして端《はし》からきつく巻き込んでいく。

「烏賊の巻物みてぇだが」

ええ、と澪は今日初めての笑顔になった。

「いつもは刺身にするだけなんですが、せっかく菊花もありますし、細工したお刺身も良いな、と思ったんです」

巻いた烏賊を半寸（約一・五センチ）ほどの厚さに揃《そろ》えて切っていく。切り出されたものを見て、又次がほぅ、と吐息を洩らした。

「こいつぁ綺麗《きれい》だ。まるで花みてぇだな」

表面に入れた切り込みが開いて、花弁のように見える。烏賊の白に菊の黄。中心に向かって渦を巻くのも楽しい。

大したもんだ、と又次が唸った。

「あんたのこの腕だ、絶対に客は逃げっ放しにはならねぇぜ。否《いや》、むしろ……」

翁屋の料理番は、拳《こぶし》を顎《あご》に押し当てて考え込んだ。

「あんたなら、たとえ冷めていても、食う奴の気持ちを荒ませない料理を考え付くような気がしてならねぇ」

そんな料理をずっと考えている、という台詞《せりふ》を、澪はそっと飲み下した。

六つ半（午後七時）を迎えた頃。

「今日はもう見込みが無《ね》えや。終いにするか。りうさんに又さん、それにご寮さんたちも、今夜は早く帰って休んでくんな」

無理にも明るい声で店主は言って、一同を見回した。

「次の『三方よしの日』もまだ火を使えねぇようなら、又さんにも悪いから休みにするぜ」

隠しても動揺で声が揺れる。咳払《せきばら》いをする店主に、旦那さん、と芳が静かに呼びかける。

「今夜は後の月ですよって、先月のお月見の時と同じように、こちらでお月見をさせて頂きとうおます。せやさかい、私と澪をこちらへ泊めておくれやす」

ふきが目立たぬように小さく跳ねた。りうはりうで、

「あたしゃ帰りますがね、孝介の迎えを待ちきれないし、今夜は色男と道行きと洒落《しゃれ》込みたい気分なんですよ。又さん、送ってくれませんかねぇ」

と、又次に流し目を送った。おっかねぇ、おっかねぇ、と種市が身震いしてみせる。

「七十六の流し目なんざ、冥途《めいど》へ誘われてるみてぇなもんだぜ。見なよ、又さんが固まっちまったじゃねぇか」

わっ、と朗笑《ろうしょう》が店内に溢《あふ》れた。先行きの不安を強く感じながらも、温かい気持ちでつる家はその日の商いを終えることが出来た。

大きな影が、二つ折れの小さな影を守るように俎橋を渡っていく。ふたつの影が向こう岸に消えてしまうと、種市は、店の表に出した床几《しょうぎ》にどすんと座り込んだ。上体を前に倒し、頭を低く下げたまま動かない。精根《せいこん》尽きていることが容易に見て取れた。

澪は調理場から酒と、細工を施《ほどこ》した烏賊の刺身を運んで、店主の脇へ置いた。芳が

ちろりを手に、旦那さん、と優しく呼んだ。種市は顔を上げ、床几に置かれたものに気付く。

「ほう、こいつぁ綺麗だ」

菊花を巻き込んだ烏賊の刺身を口にして、良い香りがする、と独り言を洩らす。芳の酌で酒をひと口、またひと口。月明かりが先ほどまで色濃く残る疲労を照らしていたのだが、酒と肴で僅《わず》かなりと慰《なぐさ》めを得られた様子が窺《うかが》える。

「十五夜の月を眺めた時も色々と悩みはあったが、後の月も晴れた気持ちで眺めることは出来ねぇもんだな」

ひしゃげた毬《まり》の形の月が天の高い位置にあって、澄んだ光を投げかけている。店主は床几に座ったまま、奉公人たちはその傍《かたわ》らに並んで、黙って月を見上げた。

「長月が済んだら神無月《かんなづき》。そしたら炉開《ろびら》きだす。なんぼなんでも町年寄かて、火を使うな、とは言わはらへんはずだす」

今少しの辛抱だす、と芳は柔らかく結んだ。

十五日は神田明神《かんだみょうじん》祭で、火の扱いを限られながら何とか持ちこたえてきた元飯田町の食べ物店も、この日を境に表戸を開けない店が増えた。つる家にしても、昼餉のお客すら減り始めている。このままでは早晩《そうばん》、主の虎《とら》の子《こ》を切り崩すしかない、という事態にまで追い詰められつつあった。

そろそろ木戸が閉まろうか、という刻限。金沢町の裏店《うらだな》の薄い引き戸を、強い風がかたかたと鳴らしている。隙間《すきま》から忍び込む風が冷たい。澪は鼻まで夜着《よぎ》を引きあげながら、ひたすら考えていた。

又次の言っていた通り、肌寒い日に、冷えた食事は心が荒む。何とかして、冷えていても喜んでもらえるように出来ないものか。

ありそうで、ない。何かひとつ、湯気の立つ熱々のものが混じれば別だが、いずれも冷えているのでは、やはり辛《つら》い。

どうしたものか、と思案するうち、澪は自分を呼ぶ声を聞いた。気のせいか、と耳を澄ませると、風の音に混じって、ご寮さん、澪ちゃん、と確かに呼んでいる。芳もそれに気付いて身を起こした。

「おりょうさんの声みたいやで、澪」

芳に言われて、澪は手探りで土間に下り、引き戸を開いた。果たして、提灯を手にしたおりょうがそこに立っていた。

「ご寮さん、澪ちゃん、こんな夜分に済まないねぇ」

板敷に上がると、おりょうは、まずはお詫《わ》びを言わせとくれ、と深々と頭を下げた。

「二十日の心積もりが、大分と延びちまって……。おまけにまだ少し、かかりそうなんだよ。つる家が大変な時に、本当に申し訳なくてねぇ」

聞けば、伊佐三の親方は、ゆっくりと回復に向かっているものの、まだひとの手を借りないと身の回りのことが出来ないのだそうな。おりょうは太一《たいち》とふたりで親方の家へずっと詰めているのだが、さすがにこちらの家の方が気がかりで、太一をひとに頼んでちょっと様子を見に抜け出して来た、とのこと。

「ご寮さんと澪ちゃんに食べてもらおうと思ってね、お弁当を拵えてきたんだよ。夜食にしてくれても良いし、明日の朝でも大丈夫だからね。食べとくれでないか」

言いながら、風呂敷《ふろしき》の結び目を解《と》く。中から角《かど》の丸い、優しい姿の白木の弁当箱がふたつ出てきた。割籠《わりご》、と呼ばれる昔ながらの弁当箱だ。

「料理人の澪ちゃんに食べてもらうのは恥ずかしいんだけどさ。所帯を持って以来、ずっと亭主のお弁当を作り続けてきたからね」

じゃあ、お休み、との言葉を残して、おりょうは向かいの部屋へ帰っていった。何芳は先ほど点《つ》けたばかりの行灯《あんどん》の火を消そうと身を屈《かが》めたが、ふと手を止める。何気なく背後を振り返ると、弁当箱を手にして匂《にお》いを嗅いでいる娘の姿が目に入った。

「これ、何ですのや、澪。ええ歳《とし》して、お行儀の悪い」

芳に叱《しか》られて、澪は両の眉を下げた。その顔を見て、芳は思わず噴き出してしまう。

「お弁当の中身が気になって気になって仕方ないんだすなぁ。そないなとこは、昔とちぃとも変わらへん」

ええから開けとおみ、と許されて、澪は嬉々として白木の蓋《ふた》を取った。

仕切りのある弁当箱は、片側に醬油《しょうゆ》の勝った茸飯がぎっしり。もう片側には素揚げ牛蒡《ごぼう》と素干し鰯《いわし》、それに大きな梅干が詰められている。空腹ではないはずの澪のお腹《なか》が、きゅるきゅると鳴った。たまらず芳は笑い転げた。ひとしきり笑うと、こう提案した。

「折角《せっかく》のおりょうさんのお気持ちや。お夜食に頂きまひょ」

へぇ、とくに訛《なま》りで応じて、澪はいそいそとお茶の仕度《したく》にかかった。火を落としてしまっていたので少し刻がかかったが、湯気の立つ湯飲みを前に弁当箱を開く愉《たの》しさ。手を合わせてから箸を取り、思い思いに口に運ぶ。

「素揚げの牛蒡て、美味《おい》しいもんやなぁ」

芳が感嘆すれば、

「茸ご飯も美味しいです。お菜要らずですね」

と、澪も応える。時折り、熱いお茶で喉を潤《うるお》して、ゆっくりと夜食を堪能《たんのう》した。料理人でない、町のおかみさん手作りの弁当を口にする機会など滅多にない。仕出し料理とも異なる、素朴《そぼく》な美味しさが心に沁《し》みる。

「素干しの鰯を炙《あぶ》ったものも、梅干も、どれも全部美味しかったです」

手を合わせる澪に、芳も、箸を置きながら、

「ほんまやなぁ。冷めても美味しいように、と工夫して詰めるのがお弁当やさかいになあ」

と、頷いた。

何気ない言葉が澪の胸に落ちて、丁度、池に石を投げたように水紋を広げていく。冷めても美味しいように工夫されたもの。食べる方も「冷めていて当然」と箸を取るもの。澪は、固く組み合わせた両の指に力を込めて、懸命に考える。

これまで店で食べてもらうことのみを考えて料理に工夫を凝《こ》らしてきたが、はてなの飯や、とろとろ茶碗蒸しをそうしたように、持ち帰り出来るものにしたらどうか。それぞれの住まいや仕事場へ持ち帰って、熱いお茶を片手に食べてもらうとしたらどうだろうか。

「そやなあ……」

澪の考えに思い至ったのか、芳は手もとの空《から》の弁当箱に目をやって呟《つぶや》いた。

「漆塗《うるしぬ》りでない白木の器は、長いことは使われへんやろけど、檜《ひのき》のええ香りがする。ものを腐らせへん昔ながらの知恵も手伝《てつど》うて、持ち帰りにはぴったりだすなあ」

気持ちを言い当てられたことに驚いて、澪は双眸《そうぼう》を見開いて芳を見た。ほのぼのと微笑《ほほえ》んで、芳は幾度《いくど》も頷いてみせた。


「そ、そいつぁ……」

つる家の調理場の板敷で、店主の種市は弁当箱を手に、戸惑《とまど》いを隠せない。弁当は澪の試作の品で、名残《なご》りの戻り鰹《かつお》を用いた「はてなの飯」に牛蒡の素揚げと梅干が詰めてある。朝一番でおりょうに事情を話し、助けてもらって拵えたものだ。

「確かに名案っちゃあ名案なんだが、いつものお澪坊の料理に比べたら、大分と見劣《みおと》りがするぜ」

「むしろそれが良いのでは、と思うんです」

珍しく眉尻《まゆじり》を上げて、澪は店主に食い下がる。ずっと弁当を商うわけではない、あくまでも火の扱いの制限がなくなるまでの間のみ。品数は少なく簡素だけれども、食べるひとの身になって、それぞれに滋養があるものを詰める。そして出来る限り安価で供するのだ。

澪の言い分に耳を傾けるうちに、種市は、なるほどな、と呻いた。

「所帯を持たない野郎にとっちゃあ、かみさん手作りの弁当ってのを食う機会はねぇし、そいつぁいけるかも知れねぇな。弁当箱は白木の割籠のようだが、どう調達するんだい？」

「伊佐三さんの親方筋に割籠作りの職人さんが居て、その割籠もそこで分けてもらったそうなんです」

種市の了解が得られれば、なるべく安く分けてもらえるように、伊佐三が動いてくれる手筈《てはず》になっている、と聞き、

「そりゃあまた、随分と手回しが良い」

と、店主は驚いたように目を瞬《まばた》いた。

「ちょいと失礼しますよ」

それまで黙っていたりうが、手を伸ばして弁当箱を取った。なるほどねぇ、量もこのくらいが嬉《うれ》しいですねぇ、と感心してみせる。

「歌舞伎を見る時には、幕間《まくあい》にお弁当を運んでもらうんですがね、これより二回りくらい大きな入れ物に煮しめと玉子焼きが入って百文《もん》ですかねぇ。それでも安い方なん

ですよ」

百文、とその場に居た全員が揃《そろ》って溜息《ためいき》をついた。四、五回はつる家へ通える値段だ。そいつぁべらぼうだ、と種市は呻き、りうから弁当箱を返してもらうと、改めて澪に向き直った。

「お澪坊、幾らくらいで売るつもりだ？」

店主に問われて、澪はどう切り出すか悩んだ末、思いきって口を開いた。

「初回は二十文で売りたいのです」

持ち帰り用のとろとろ茶碗蒸しと同じ値だった。良いんじゃねぇか、と種市は、りうと芳に同意を求める。りうは首を傾《かし》げて、

「澪さん、初回は、ってことは、ほかに何か考えがあるんじゃないんですか？」

と、先を促《うなが》した。

「翌日から、割籠を返してくれたひとには値を下げて」

一晩かけて悩み抜き、考え至ったことを口にする時、声が勝手に震えだす。

「十六文で買っていただこうと思います」

職人がそれなりに手をかけて作る割籠である。けれども、独り者の男なら、食べ終えたあと、器《うつわ》の扱いに困るだけだろう。汚れたままの弁当箱が部屋に積み上げられる

のも、放置された挙句に芥《あくた》として捨てられるのも、あまりに勿体《もったい》ないと思う。漆の塗られていない器はそう長くはもたないだろうが、火の扱いが自由になるまでは大丈夫、と踏んだのだ。

「十六文は、店としちゃあ、ちときついな」

店主は青ざめ、頭を抱え込んでいる。

しかし、りうは、素晴らしい、と盛大に手を叩《たた》いた。

「屋台見世のかけ蕎麦、一杯分ですねぇ。それでこれだけのものが口に出来るのなら、当たらない方が変ですよ。利鞘《りざや》の薄いものでも、数多く出れば大丈夫、店は回っていけます」

りうに後押しされる形で、店主も、やってみるか、と渋々腹を括《くく》った。

初日は、店の表に床几を置いて、割籠を二十個。中身は、はてなの飯に牛蒡の素揚げ、梅干で、値は二十文とした。

「何だ、弁当かよ。俺《おら》ぁ、この店のいつもの昼餉が食いてぇのによ」

店の中でいつもの食事が出来ない、とわかると不平を洩らすお客がほとんどだった。けれども物珍しさにひとつ、ふたつ、と売れ始め、昼八つ（午後二時）を回る頃には売り切ってしまった。

「お澪坊、これなら充分にいけそうだ。伊佐さんに頼んで割籠をあと五十ほど届けてもらってくんな」

上機嫌で提案する店主に、澪は不安を隠して、はい、と頷いた。

ひとりになった調理場で、そっと懐《ふところ》に手を置いて遊里にある片貝を想《おも》う。

諦めない、決して。

割籠の数を増やして大丈夫かどうか心配するよりも、出来る限りの手を尽くそう。掌を胸に当てたまま、澪は顔を上げる。

同じ中身が続いてはつまらないから、日替わりで楽しんでもらえるようにしよう。いつもの食事を求めるお客をがっかりさせないための手立ても考えないと……。

あれこれ思案しながら、半月切りにした大根を笊《ざる》に並べて干す用意をする。

「澪姉さん、手伝います」

土間伝いにこちらを覗いて、ふきが慌てて駆け寄った。一寸（約三センチ）の三分の一ほどの厚さに切られた大根を手に、ふきは僅かに首を傾げる。大根は大抵、千切《せんぎ》りにして干すか、あるいはそのまま干すことが多いから、不思議に思ったのだろう。わけを話そうとして、澪は留《とど》まった。

「明日の楽しみにね」

澪が言うと、ふきは口もとを綻《ほころ》ばせて、栗鼠《りす》のような前歯を見せた。

「小さい頃は、割籠って、ごつごつした怖い名前だなあと思ってました」

勝手口の脇に笊を吊《つ》るしながら、ふきは独り言のように呟いた。そうね、と澪も笑いながら同意する。

「確かにごつごつした感じのする名前よね。仕切りのある、木のお弁当箱のことだけれど、お弁当箱のことをお宝箱とか料理箱、なんて呼ぶひとも居るから、何か可愛《かわい》らしい名前があれば……」

言葉途中で、澪の手が止まる。

常の昼餉の献立ほど品数があるわけではない、ということ。割籠を返却すれば、さらに安価で買い求められる、ということ。どちらも伝わるような名前を付けたらどうだろうか。何か、それに相応《ふさわ》しい名前を。

「何だぁ？　名前を付けるだ？」

陽が落ちて寒くなり始めた調理場の板敷で、種市は両の腕を摩《さす》りながら素《す》っ頓狂《とんきょう》な声を上げた。はい、と澪は大きく頷いた。

「頭に『つる家の』をつけて、あとは『倹約弁当』とか、『気楽箱』とか」

ああ、なるほど、とりうは歯のない口をきゅっと窄めてみせる。

「忍び瓜《うり》や、菊花雪。つる家の料理は名前も大事ですからねぇ。美味しくて懐に優しい、つまりは手軽に食べられる、ってのがわかる名前をつけりゃあ良いんですよ」

「りうさん、今、何て言わはったんだす」

芳が膝行《しっこう》して、りうに迫った。

「もう一遍《いっぺん》言うとくれやす」

「何ですよ、ご寮さん。あたしゃ、何か変なことを言いましたかねぇ。ただ、手軽に食べられる、って」

間髪《かんはつ》を容《い》れず、芳が、それだす、と店主を振り返った。

「澪の作るお弁当はまさにお手軽に召し上がって頂けるもの。せやさかい、『お手軽』いうんはどないだすやろか」

ああ、と店主と料理人とが、ほぼ同時に両の手を打った。

熱した鉄鍋に多めの胡麻油。一日干しておいた例の大根を入れると、じゅっと油が鳴る。焦げ目がついたら引っくり返し、じっくり芯《しん》まで火を通す。味醂《みりん》と醤油《しょうゆ》を合わせたものを回しかければ、焦げた醤油の匂いが勝って、鼻の奥から幸せになれる気がする。仕上げに粉山椒をぱらり。

「こいつぁいけねぇ」

口にした店主が、身を捩《よじ》っている。

「とんでもなくいけねぇよ、お澪坊」

うふふ、と笑いながら澪は、

「熱々も美味しいんですが、冷めると味が沁みる上に、歯触りも変わるんです。ちょっとほかにはない味わいなんですよ」

と、応えた。

芳もふきも、それにりうも、それぞれ作業の手を止めて、大根の油焼きを試食している。はふはふ、と何とも満足そうだ。

「焼き大根ってのがありますよねぇ。薄く切った大根を網の上で炙るあれですよ。さすがにあの料理は、歯のないあたしにゃ辛いですが」

これなら幾らでも、とりうが美味しそうに食べてみせた。

限られた一刻で飯を炊き、大根の油焼きを作る。今日は青菜を刻んだ菜飯《なめし》にして、切り胡麻を散らした。充分に冷まして詰めよう、と割籠を手に取ると、つるの形の焼き鏝《ごて》が押してあった。伊佐三の心遣《こころづか》いと知れて、澪は嬉しくなる。

昼餉時を迎える頃、つる家の店先に床几が連なり、割籠がずらり並んだ。

「つる家のお手軽だよ。旨《うま》くて安い弁当だ。お手軽だよ」

店主が声を張ると、通行人が揃って足を止めた。弁当のようだな、と暫《しば》く遠巻きに眺めて様子を窺っている。

「割籠に入って、お代は二十文。使った割籠を持ってきてくれりゃあ、次からは四文値引きして十六文だ。名前の通り、手軽に食ってくんな」

野次馬が、ざわついた。

料理番付にも載った店が、屋台見世の蕎麦と同じ値で弁当を売る、ということは信じがたい。悪い冗談だ、と囁《ささや》きあっている。その時、人垣《ひとがき》をかき分けて前へ出た男が、

「俺ぁ、昨日ここで弁当を買ったんだが」

と、手にしたものを示した。紛《まぎ》れもなく檜《ひのき》の割籠である。

「鰹飯に牛蒡の素揚げがとんでもなく旨かった。今日も買わせてもらうぜ」

ありがとうございます、と店主と奉公人が声を揃えた。種市が本当に十六文しか受け取らないのを見て、

「俺も買うぜ。今日は二十文なんだな」

「こっちにもひとつつくれ」

と、次々に手が伸びた。

「割籠は今度来る時に持ってきてくれりゃあ、四文、値引きさせてもらうよ。面倒なら洗わなくても良いから、返してくんなよ」

店主は上機嫌で声を張り続けている。五十食、用意した割籠は八つ過ぎには全《すべ》て売れてしまった。結局、さらなる器の追加を伊佐三に頼まねばならなくなった。

「つる家のお客さんは、律儀なひとが多おますなあ」

返された割籠を洗っていた芳が、感嘆の声を洩らす。洗わずに戻してくれても良い、と伝えてあるのに、いずれの器も水で漱《すす》いで戻されるのだ。食べ手の感謝の気持ちが伝わって、つる家の面々はじんわりと喜びを嚙み締めた。

「明日からはもっと数も増やして、色んなひとに、つる家のお手軽を楽しんでもらうとしよう」

明るく言うと、店主は洟《はな》を啜《すす》った。

二日、三日、と日を重ねるごとに「お手軽」は売り上げを伸ばす。昼餉時を前に、つる家の弁当を求める行列が出来るようになった。列は長く伸び、俎橋まで届きそうな勢いだ。

「大根てなもんは、炊くか漬けるか卸《おろ》すかだ、と思っていたが、ここの油焼きの旨さときたらどうだ」

「ああ、あれは夢にまで出てきやがる」

列に並びながら、見知らぬ同士が弁当談義に花を咲かせている。そうして売り出しと同時にお手軽は全て売れてしまうのだ。この成功を見て、元飯田町のほかの食べ物店もこぞって弁当を売り出し、一時は文字通り火が消えたような状態になっていた店々は、おしなべて活気を取り戻し始めた。

澪はというと、朝はつる家で下拵えに励《はげ》み、火の扱いを許された一刻は竈の前にへばりつき、昼餉の頃に割籠を売れば、午後は手が空くようになっていた。その手隙《てすき》を利用して、青物や魚を捌《さば》いて天日で干す作業をする。

大根も蓮根も人参《にんじん》も椎茸《しいたけ》も、薄く刻んで干すことで日持ちする上に、味が凝縮されて一層美味《おい》しくなるのだ。そんな作業を繰り返していると、嫌《いや》でも人目を引いた。

「青物なんぞ干してどうすんだい」

通行人がひょいと足を止めて、尋ねた。

「色々と使えて便利なんです」

たとえば、と澪は、刻んで干した椎茸を軽く握って、

「水を張った鍋にこれくらい入れて暫《しばら》く置いた戻し汁は、出汁《だし》として使えます。鰹節や昆布《こんぶ》で引く出汁とは違いますが、滋養になりますから。そのまま火にかけてお味噌を溶き入れたら、椎茸のお味噌汁になりますよ」

と説明した。

「話だけ聞いてると簡単そうだが」

染物師だろうか、藍《あい》色に染まった指先で笊を突いてみせる。

「つる家のお手軽に、熱い汁がありゃあなぁ、と思うんだ。普段、湯も沸かさねぇ俺みたいなもんでも、熱い味噌汁を作れるのかい」

ええ、もちろん、と澪はにこにこと頷いて、親指と人差し指で輪を作り、

「お味噌の分量は一人前でこのくらいです」

と、教えた。

ふたりの遣《や》り取《と》りに、何人かが足を止めて聞き入っている。中に、

「俺だって、干し椎茸の味噌汁を作ってみてぇや。どうせならその干したのを売ってくれ」

と言いだす者も居て、澪はなるほど、と思う。早速、店主の許しをもらい、芳やりうらと知恵を出しあって、味噌汁一杯分にあたる干し椎茸を紙に包み、割籠と並べて

ひとつ一文で売ることにした。すると、目新しさも手伝ってか、思いがけずよく出たのだった。


長月も残り六日、という朝。初めての霜が降りた。

季節は晩秋から初冬へと移ろいつつある。元飯田町の火の扱いに関する申し入れは、それでもまだ解《と》かれていなかった。

昼餉時を過ぎ、芳とりう、それにふきは戻された割籠を井戸端へ運び、洗い上げるのに忙しい。店主は店の中で売り上げをまとめている。澪ひとり、表の床几を片付けているところへ、男が足を止めた。

お手軽を買い求めにきたお客かと思い、売り切れを詫びようと振り返って、澪は僅かに息を呑んだ。

「一柳《いちりゅう》さんの……」

坂村堂の実父で、日本橋の名料理屋「一柳」店主の柳吾《りゅうご》だったのである。ご無沙汰《ぶさた》しています、と澪は戸惑いの滲《にじ》む声で言い、丁寧に頭を下げた。柳吾は先ほどまで割籠が積まれていた床几を、じっと見ている。

「世間では、お手軽とかいう弁当が評判のようですね。旨い上に、とびきり安価、おすよ」

まけに汁のもとまで売ってくれる。つる家の料理人は実に商い上手だ、と専《もっぱ》らの噂《うわさ》で

柳吾は、空の床几から澪に視線を移した。

「けれど、そんなことは料理の本道から離れています。私に言わせれば邪道だ」

きつい言葉に、澪の顔から血の気が引く。澪は戦慄《わなな》く声で辛《かろ》うじて応えた。

「お客が家で食べられるようなものなら作るな——昔、天満一兆庵《てんまいつちようあん》の主にそう教わりました。ですから邪道と言われれば、その通りかも知れません。ただ、与えられた場所で最善を尽くすのも、ひととしての本分だと思います。火の扱いを限られた今、少しでも喜んで頂ける料理を、と思案の末にこんな形になりました」

それを聞いて柳吾は、わかっていない、と言いたげに頭《かぶり》を振った。

「そうやって些末《さまつ》なやりくりで、天から与えられた才を無駄にすり減らしていく。つる家の料理人で居る限りは、天満一兆庵の再建など夢のまた夢ですよ。それでも未《ま》だ、つる家に身を置くと？」

静かだが、厳しい物言いだった。

澪はくっと唇を一文字に結ぶと、柳吾の瞳を見返して、こっくりと頷いた。

「与えられた器が小さいのであれば、自身のこの手で大きくする努力をします。一柳

さんからすれば『些末なやりくり』であっても、そうした積み重ねこそが夢に至る道だと、私は考えています」

困ったひとだ、と柳吾は眉を曇らせる。

「天満一兆庵の再建など、あなたには到底無理だ。出来もしない夢を追うくらいなら、いっそ包丁を捨てておしまいなさい。その方がまだ、女として幸せになれますよ」

冷たい声で言い放つと、やれやれ、と首を振りながら、柳吾はその場を去った。

柳吾に投げられた言葉をどう受け止めて良いのかわからず、澪は茫然《ぼうぜん》と立ち竦む。

どのくらいそうしていたのか、路地から吹き抜ける冷たい風に、澪ははっと我に返った。寒さを覚えて身震いをする。

——自分の人生を諦めへんと決めたんや

耳に、野江《のえ》の声が蘇《よみがえ》る。

澪はゆっくりと息を吸い、そして静かに吐いた。

そうだ、強くなる、と決めたのだ。出来もしない夢、とひとに斬《き》り捨てられたとしても、自身では決して諦めない。澪は今一度、緩やかに深呼吸をした。

動揺は去り、地を踏む感覚が戻る。

店の中へ入ろうとして、何気なく九段坂を振り返ると、侍女に付き添われて、慎重に塗り駕籠《かご》が下りてくるのが見えた。黒塗の宝仙寺駕籠はつる家の手前で止まり、中から武家の奥方と思《おぼ》しき女が降り立った。三十路《みそじ》に差し掛かったばかりだろうか、裾に松葉をあしらった濃い葡萄《えび》色縮緬《ちりめん》小袖《こそで》の地味な姿ながら、品と若さが滲む。澪は、おや、と思う。女の顔に見覚えがあったのだ。

向こうも澪に気付いて、

「澪さん？　澪さんですね？」

と、親しげに呼んだ。

「覚えておいでではありませぬか？　先月六日、世継稲荷《よつぎいなり》のご縁日に」

ええ、覚えています、と澪はにこやかに応える。

「確か、早帆《さほ》さま、と」

「そう、早帆です。覚えていてくださったのですね」

笑うと皺の寄る目尻が、想いびとによく似ている。そのことにどぎまぎしながらも、店主に御礼に見えたのだろう、とあまり深くは考えずに、澪は早帆をつる家の中へと案内した。

「料理を習いたい、って……」

入れ込み座敷で、畳に手を付く早帆を前に、店主はおろおろと狼狽《うろた》える一方だ。座敷に通された早帆は、先日の礼を丁寧に述べたあと、午後の手の空いた刻を使って、澪から料理を習いたい、と切り出したのだ。

「本当はもっと早く伺《うかが》いたかったのですが、あれこれと道を探すのに手間取りまして……あ、いえ」

こほん、と小さく咳払いをして、早帆は再度、軽く身を乗り出すと店主に懇願《こんがん》する。

「恥をお話ししますが、嫁《か》して十三年、一向に料理が上達いたしませぬ。私の嫁した家では本来、調理は奉公人に任せて、献立《こんだて》などの指図をするだけで良いのですが、たとえ時折りでも、私は自身で試みたい性質《たち》なのです」

ほう、と店主は目を見張る。その後ろに並んで控えていたりう、芳、それに澪は早帆の言葉に興味を覚え、続きを聞こうと居住まいを正す。早帆は、少し顔を赤らめ、声を落とすとこう続けた。

「夫の好物のかき揚げを作れば、歯こぼれしそうなものしか出来ず、里芋の煮付けはえぐいばかり。煮魚はぱさぱさで、焼き魚はぐずぐず。鮎飯《あゆめし》は焦げ焦げで、栗飯はごわごわです」

おやまあ、とりうが目を白黒させた。

「そりゃあ奥方さま、相当なもんですよ」

ええ、と早帆は深々と頷いてみせる。

「私の作る料理を食べたくない、と泣いて里に帰った侍女もおります」

芳が肩を震わせて、必死で笑いを堪《こら》えている。知ってか知らずか、早帆ははにかむように続けた。

「せめて湯豆腐くらいまともに、と試すのですが、ありえないほど鬆《す》が入って軽石のようになるのです。作った本人が申すのも何なのですが、食べ進めるうちに豆腐なのか軽石なのかわからなくなりました」

耐えきれなくなったのだろう、芳がぷっと噴きだして、申し訳おまへん、と両の掌で口を覆《おお》った。りうが歯のない口を全開にして笑い、下足棚《げそくだな》の前に蹲《うずくま》ってふきが笑い、種市と澪は互いに顔を見合わせて笑顔になった。飾らない早帆の人柄が、皆の心を捉えた瞬間だった。

「早帆さま、と仰《おつしや》いましたねぇ。ご母堂《ほどう》さまからお料理を教わったりはなさらなかったんですか？」

りうが問えば、早帆は軽く首を振った。

「仔細《しさい》は伏せますが、役務柄、亡父は母が台所に入るのを好まず、私は物心ついた時から、料理する母を見たことがございませぬ。ただ、母は黙《もく》して語りませぬが、兄から洩れ聞いた話では、私に輪をかけて料理下手だとか」

それもまた壮絶ですねぇ、と歯のない口を窄めてみせて、りうは店主と澪に向き直った。

「奉公人が奥方さまに料理指南《しなん》するわけにもいきませんからねぇ。教わるひとが居ない、というのは気の毒な話ですよ。どうですかねぇ、旦那さん、澪さん。早帆さまのためにひと肌脱いで差し上げる、というのは」

種市は、そうさなぁ、と思案顔だ。

「火の扱いを限られてる今なら、昼からならお澪坊も手隙があるし、俺ぁ構わねぇと思うんだが……。ただ、肝心の煮炊きが出来ねぇんで、教えるのは難しいんじゃねぇのか」

どう思うお澪坊、と問われて、澪は暫《しば》し考える。ぱさぱさもぐずぐずも、焦げ焦げもごわごわも、ちょっとしたこつさえ覚えれば脱することが出来るだろう。

「火を使って煮炊きをお教えすることは出来ませんが、下拵えのことならお役に立てるかと」

下拵え、と早帆は首を捻《ひね》る。

「下拵えを学べば、料理上手になれますか？」

はい、と澪は口もとを緩めて頷いた。

「『下拵えも味のうち』というほど、下拵えは大切です。逆に、下拵えを疎《おろそ》かにしたのでは、決して美味しい料理には仕上がりません」

そうなのですか、と早帆は感心したように吐息をついた。

とりあえず今月の末までの間、それも八つ（午後二時）から七つ（午後四時）の一刻、早帆はつる家に通い、料理を習うこととなった。

「ここの調理場は立ち流しなのですね。立ったまま炊事するとは驚きです」

その日のうちに、つる家の調理場でまずは里芋の皮を剝くことになったが、料理の姿勢が異なることに、早帆は戸惑いを隠せない。

「座ったままの方が良ければ、どうぞそうなさってください」

澪が言うと、早帆は早速、板敷に俎板を置いた。その包丁の扱いを見て、澪はおやっ、と思う。教わるひとが居ない、と言いつつ、包丁扱いや、俎板に向かう姿勢など、そつがないのだ。身近で包丁扱いの上手なひとが居たのだろうか、と不思議に思いつつ、余計な詮索《せんさく》はしまい、と決めた。

「里芋のえぐみは、白水《しろみず》——お米の研《と》ぎ汁で、下茹《したゆ》ですることで抜けますよ。煮付けなら艶《つや》やかに仕上がりますし、柔らかな丸い味になるんです」

「まあ。知りませんでした」

早帆は十近く年下の師に、とても従順であった。もともと好奇心が旺盛《おうせい》なのだろう、要所要所で問いかけ、さっと巻紙を手に取ると、教わったことを忘れぬように記《しる》す。

「なるほど、青物の煮物を作るには、いきなり煮汁で煮るのではなく、必ず下茹でせねばならぬのですか」

「料理にもよりますが、煮崩《にくず》れや色褪《いろあ》せを避けたいのなら、下茹でした方が良いんですよ。あくや癖も取れて、味の含みも良くなりますし」

澪の説明に何か思い至ったのだろう、ああ、それで、と早帆は深く頷いた。

「小松菜の煮浸《にびた》しが、真っ黒でどろどろだった理由がわかりました」

自分のことなのに、早帆は楽しそうにころころと笑った。何とも好ましく、爽《さわ》やかな笑顔だった。

以前、つる家の内所《ないしょ》で、娘を死産したことを打ち明け、涙を見せた早帆なのだ。心のうちにはおそらくまだ悲しみが残るのだろうけれど、それでもこうした笑顔を見られて、澪は嬉しくなる。

「土の上に生《な》るものはお湯から、土の下にできるものはお水から茹でる、と覚えておけば便利ですよ」

なるほど、と早帆は感心しながら書き記す。

「では、里芋や大根、牛蒡は水からですね。これは誰でも知っていることなのでしょうか」

誰でも、と問われて澪は戸惑う。

「どうでしょうか。お武家さまのことはわかりませんが、例《たと》えば商家や町家のおかみさんたちは、料理にしても何にしても、自分の娘や身近な童女に口うるさく教えますから、自然に身に付くことは多いと思います」

「羨《うらや》ましいこと。口伝《くちづ》てに学ぶのが一番身に付くのかも知れませんね」

早帆は筆を止めて、ほっと息を吐いた。

あの、早帆さま、と澪は好奇心を抑えられずに尋ねる。

「武家では炊事や裁縫《さいほう》などの家事を教えたりはしないのですか？」

「裁縫は嗜《たしな》みとして、かなり厳しく教え込まれます。武家の女が守るべき礼儀作法の書にも、裁縫は貴賤《きせん》を問わず出来ねばならない婦人の技、とありますから」

生家では蚕《かいこ》を飼い、絹糸を紡《つむ》いだ、と聞いて澪は両の眼《め》がこぼれ落ちそうになった。

武家と庶民では、重きを置くところがまるで違うことに驚く。

「幼い頃は武家の女として身につけておかねばならない、と礼法の書をくまなく暗唱させられ、嫁入りが決まれば、当時出たばかりの食事作法の書を兄から学ぶよう渡されました。ああもう、思い出しても腹が立ちます」

口を尖《とが》らせる早帆に、澪はおずおずと問う。

「早帆さま、一体何にそれほどご立腹《りっぷく》なのですか？」

宜しいですか、と早帆は巻紙を置いて、身を乗り出した。

「焼き栗、焼き芋は口が臭くなるから駄目だ、とか、汁物は具のみ食べて、汁は吸うな、とか、お饅頭《まんじゅう》は左手で取って右手の親指とひと差し指で千切って食べよ、とか」

まあ、と澪は両の眉を下げる。

「焼き芋も焼き栗も美味しいのに。それにお汁《つゆ》は最後の一滴まで飲み干してほしいです。お饅頭は出来ればがぶりとふた口くらいで」

「ふた口では喉が詰まりましょう」

ふたりは声を上げて笑いだした。

あっという間に一刻が過ぎ、澪たちは早帆を送って表に出た。少し先、九段坂下の端で黒塗りの駕籠が待機している。

「早帆さま、明日もお待ちしてますよ」

二つ折りになった腰を伸ばして、りうが優しく言う。

「あたしゃ、何だかお前さまのことが大好きになっちまいました」

りうの砕《くだ》けた物言いに店主は目を剝いて、肘《ひじ》で老婆のことを突っついた。

「嬉しゅうございます」

早帆は微笑んで、それからふいに揃えた指先で唇を押さえた。瞳に涙が滲んでいる。

相済《あいす》みませぬ、とくぐもった声で詫び、

「役務上の苦境に立たされている夫や兄には、私の苦しみを見せるわけにもいかず、平静を装《よそお》って参ったのですが、とても辛い毎日でございました。今日は久々に心から笑えた上、好きという言葉までかけて頂いて。ほんに良い日でした」

と、ほのぼのと笑ってみせた。

宝仙寺駕籠が九段坂をゆっくり上っていくのを見送りながら、種市が呟いた。

「俺ぁ男だからわからねぇが、死産ってなぁ、そんなに辛いもんなのか」

当たり前じゃないですか、とりうが口を窄めた。

「お腹の中で動いたり蹴《け》ったりして、確かに生きていた命なんですよ。己《おのれ》を責めずにはいられないでしょう。ほかに子が幾人いたとしても、どの子も同じ命の重さ。失った命を、ほかで補えるもんじゃありませんからね」

それでもねぇ、とりうは、早帆の乗った駕籠が坂の上に吸い込まれて消えるのを見守る。

「女は強いんですよ。強くなきゃあ生きていけませんから」

りうの言葉に、芳は二度、頷いた。


芳《こう》ばしい、良い匂い。

焦げた醤油の香りが、辺り一面に立ち込めて、澪はそれだけで幸せになる。じゅうじゅうと大根の焼ける音も賑《にぎ》やかだ。お手軽の定番、大根の油焼きは、お客の要望が多く、決して外せない一品になった。

「お澪坊、加薬《かやく》飯がそろそろ蒸らし終わるぜ」

「澪さん、海苔《のり》は刻み終わりましたよ」

種市とりうが競うように動き、ふきは団扇《うちわ》を手に出来上がった順に冷ましている。

芳は割籠を並べ、冷ました料理を詰めていく。本来の料理屋としての仕事でないことに寂《さび》しさを覚えつつ、こうした情景がつる家の日常になろうとしていた。

「つる家さん、忙しいところ悪いんだが」

勝手口から元飯田町の月行事《がちぎょうじ》が、ひょいと顔を覗かせる。

「先ほど名主に呼ばれましてね。良い知らせですよ」

その声に、店主も奉公人も一斉に動きを止めた。長月の月行事は皺の中に埋もれた目を見開いて、つる家の面々を順に眺めたあと、晴れやかに告げた。

「火の扱いの申し入れは長月一杯で終わりだそうです。神無月からは常の通りに、と」

わっ、と一同そろって歓声を上げた。ふきなど毬のようにぴょんぴょんと跳ねている。芳とりうは手を取り合って喜び、澪は箸を握ったまま器用に手を叩いた。

「良かったよぅ」

種市は涙声で叫んで、折った右肘に顔を埋めた。

「これで熱燗《あつかん》が呑めるよぅ」

おやまあ、とりうが呆《あき》れて、顎を外しそうになっている。主も奉公人たちも朗《ほが》らかに声を立てて笑いながら、それぞれが互いにわからぬよう瞼《まぶた》を拭《ぬぐ》った。

月末まで、という期限は、昼、つる家のお手軽を手に入れるために列を作ったお客たちにも知らされた。皆、一斉に指を折る。

「今月は小《しょう》の月だな、ってぇことは……」

「ひぃ、ふぅ、みぃ……あと三日こっきりじゃねぇか」

つる家のお手軽を口に出来なくなる寂しさを訴える者、入れ込み座敷で食べる常の料理を恋しがる者、反応はさまざまだった。

八つにつる家を訪れた早帆は、知らせを聞くなり、板敷にそっと両の手をついた。

「宜しゅうございました。火のない暮らしほど不便なものはございませぬもの。皆さまがた、ほんによくご精進なさいました」

行き届いた言葉に、早帆の人柄が滲む。このひとのために残る三日、持てる限りの料理のこつを教えて差し上げよう、と澪は思った。

早帆に伝えたかったことのひとつに、食材の切り方で味覚が変わる、というのがあった。

「沢庵《たくあん》の切り方ひとつで、ここまで違うとは」

皮付きのまま輪切りにしたもの。皮は剝き、中だけを輪切りにしたもの。皮もそのまま短冊《たんざく》に。縦に細く千切りに等々。一本の沢庵を七通りに刻む。ひとつ、ひとつを箸で摘《つ》まんで口に運び、早帆は溜め息をつく。

「どれも違う味わいです」

「味そのものは変わらないのですが、歯触りの違いで別のものに感じるかと。短冊は、お酒の肴に喜ばれるんですよ。細かく刻んだものは卸し生姜《しょうが》で和《あ》えて、熱々のご飯に載せるととても美味しいです」

説明していて、澪はふいに涎《よだれ》を零《こぼ》しそうになり、慌てて口を押えた。

ほほほ、と早帆が手を口もとに当てて笑う。火の気がなく薄寒い調理場に、一輪の花が開いたようだ。早帆が楽しそうに笑うのが、澪は嬉しかった。にこにこと自分を眺める澪に気付いて、早帆はしみじみと言う。

「不思議なこと。澪さんとこうしていると、とても気持ちが和《やわ》らぎます。私には妹はおりませぬが、もしも居たならば、きっとこんな風に慰《なぐさ》められたり、癒《いや》されたりするのでしょうね」

澪は自分も同じように思っていることを、しかし言葉にしなかった。身分の違いもあり、気軽に口に出来ることではない。だが、そうせずとも澪の思いは早帆に伝わったのだろう、早帆は穏《おだ》やかにゆったりと頷いてみせた。

「いよいよ明日一日になっちまいましたねぇ」

返されてきた割籠を洗っていたりうが、吐息交じりに呟いた。

「あたしゃ料理屋としてのつる家が好きなもんで、このまま弁当屋になっちまったらどうしようか、と案じてましたが、いざ終わるとなると、何とも寂しいもんですよ」

全《まった》くだ、と店主も割籠を布巾《ふきん》で拭いながら、賛同する。

「欲ってなぁ、きりが無《ね》ぇよ。それに今日と明日でお澪坊の料理指南も終わりだろ」

早帆さまにお目にかかれなくなるのは寂しい、と店主が洩らしたその時だった。

「私も寂しゅうございます」

早帆がひょいと勝手口から現れて、皆を驚かせた。

澪は早帆の姿が小松原《こまつばら》に重なって、腰が抜けそうになる。

「まあまあ、何ですねぇ。お武家の奥方さまが、勝手口からお入りになったりして」

りうが呆れれば、種市は種市で、

「ああ、びっくりした。小松原の旦那……いえね、うちの常客そっくりの現れ方だったもんで」

と、胸を押さえてみせた。

小松原の名が出たことで、芳が、おや、と改めて早帆を見たが、早帆はごく自然に視線を外して、澪に、今日も宜しく、と頭を下げた。

皆が入れ込み座敷に移り、ふたりきりになった調理場で、澪は先刻より煮魚のこつを教えている。

「食あたりが恐ろしくて、煮魚も出来るだけ長く煮るようにしておりましたが」

巻紙を手に、早帆がつくづくと洩らす。

「煮魚は、煮れば煮るほど味が逃げるのですね」

ええ、と澪は大きく頷いてみせる。魚にしろ、湯豆腐にしろ、早帆の料理の失敗の多くは、火の通し過ぎが原因だと思われた。

「煮汁は先に調味の上で沸騰《ふっとう》させておいて、そこに霜降りした魚を入れ、さっと煮れば良いのです。食あたりも気にせずに済みますし、旨味《うまみ》が汁に逃げずにふっくら美味《おい》しい煮魚になりますよ」

「なるほど。これでぱさぱさの煮魚ともお別れ出来ます。夫や子らに美味しく食べてもらえることでしょう」

夫、と聞いて、入道のような体軀《たいく》の男を思い返す。鮎飯を前に随分と思い悩んでいる様子だったが、早帆の言葉を借りれば、あれが「役務上の苦境」の只中《ただなか》だったのだろう。頑丈で屈強な外観とは裏腹に、美味しそうに食事する様子や、温かな人柄の滲む眼差《まなざ》しが記憶に残る。早帆はどのような経緯で嫁《とつ》いだのだろうか。

黙り込んだ澪の心を読んだように、早帆は目もとを和ませた。

「夫は兄の朋友《ほうゆう》で、幼い頃から存じておりました。あれでも昔は紅顔《こうがん》の美少年——少々毛深《けぶこ》うはございましたが」

「幼馴染み、だったのですか」

詮索はするまい、と思っていたのに、つい尋ねてしまった。しかし、早帆は気に留《と》める風でもなく、ええ、と頷いてみせる。

「だからとは申せ、縁組は当人同士で随意になるものでもなく……。語り尽くせぬほどに色々とありました。しかし、夫が鎧《よろい》となって私を守り抜き、兄が陰に陽に手を差し伸べてくれての今があります」

想うひとと結ばれた、という意味では幸せ者なのです、と早帆は嚙み締めるように呟いた。

如何《いか》なる困難があろうとも、夫となるべきひとに守り抜かれ、なおかつ兄に支援の手を差し伸べられるとは、何と幸せなことだろう。想い想われる相手と結ばれ、情に恵まれた歳月を重ねて、早帆は今、静謐《せいひつ》な美しさに満ちている。何て綺麗なひと、と澪は思う。

「早帆さまが羨ましいです」

自身の口をついて出た言葉に、澪は酷《ひど》く狼狽《ろうばい》した。お許しくださいませ、と板敷に額《ひたい》を擦《す》り付ける。早帆の大らかで気さくな人柄に接したとはいえ、あまりにも身を弁《わきま》えない物言いだ。

身を縮める澪を、早帆は暫《しばら》く黙って見つめていたが、思案しながら唇を解いた。

「見当外れやも知れませぬが、澪さん、もしや心に想う殿方《とのがた》が居るのではありませぬか？　おそらく、どれほど慕《した》っても添えぬひとが」

はっと息を呑み、澪は血の気の失《う》せた顔を上げた。その様子で答えを汲《く》み、早帆は、やはり、と小さく呟いた。手にした巻紙を脇に置き、膝行して澪の両の手を取る。

「昨日、澪さんのことを妹のように思う、と言いましたね。私を姉と思い、聞かせてはもらえませぬか。どのような殿方なのか」

早帆に手を取られたまま、澪は暫くの間、俯《うつむ》いて萎《しお》れていた。早帆は辛抱強く、娘が口を開くのを待った。

早帆さまに、と澪は掠《かす》れた声を絞《しぼ》った。

「早帆さまに、とてもよく似たひとです」

澪は早帆の手から逃れ、後ろへ退いた。

「そのかたは、私の想いをご存じないのです。私も、報《むく》われるなど端《はな》から望みません。想いを打ち明けることも、悟られることもない。ただ、そのかたに健《すこ》やかで幸せで居てほしい、と祈るばかりです」

自《みずか》らの想いの丈《たけ》を、これまで誰にも打ち明けずにきた。初めて早帆に心を開いたが、言ってしまって、恐ろしさのあまり、澪は両手で顔を覆った。話すのではなかった、今すぐここから消えてしまいたい、と願う。

苦しみに耐える娘を見守るうち、早帆の双眸《そうぼう》は潤みを帯びていく。

「真実、そこまで想うてくれるひとが、他におりましょうか。私がその殿方なら、冥利《みょうり》に尽きるというもの」

気持ちを聞かせてくださってありがとう、と早帆は静かに結んだ。

勝手口から入ってきた早帆は、勝手口から帰ると言い、つる家の面々を慌てさせた。

「何だか私も、その何某《なにがし》とか仰《おつしや》るかたの真似事《まねごと》がしたくなったのです」

「おやまぁ、早帆さまも酔狂《すいきょう》な」

りうが曲がった腰を伸ばして、しげしげと早帆を眺めた。おや、と首を捻る。

「早帆さま、初めて見えた時に比べて、随分と感じが違って見えますよ。芯が一本、どんと通った、というか」

「りうさんは何でもお見通しなのですね」

早帆は、目尻に皺を寄せてゆったりと笑う。

「あれこれと道を探して、漸《よう》く算段がついたものの、誰のためにしようとしているのか、自身の寂しさを紛《まぎ》らすためではないか、と自問を重ねるばかりで……。でも今日、漸く心が定まりました」

早帆の言葉に、種市がううむ、と唸った。

「武家の奥方様ってぇのも大変だなぁ。料理ひとつ習うのに、それほどまでの心構えが居るとはよぅ」

ほほほ、と声を洩らすと、早帆は、

「そういえば評判のお手軽を明日、ひとつだけ取り置いて頂けませぬか。最後の割籠を求めるひとは多いでしょうから、ひとつだけ」

と、店主に頼んで、駕籠のひととなった。


長月最後の日。

東の空が曙《あけぼの》色に染まる中、澪の姿は化け物稲荷の境内《けいだい》にあった。祠《ほこら》の前に蹲《うずくま》り、長い祈りの時を過ごす。胸に秘めた想いを早帆に打ち明けてしまった、その悔いも神仏に委《ゆだ》ねた。祈りを終え、立ち上がりかけて、ふと動きを止める。

傍らの駒繋《こまつなぎ》、乾いた豆果《とうか》が垂《た》れ下がる陰に、たったひとつ、弱々しいながらも、淡い緑の軸に房状の蕾《つぼみ》をつけていた。

「この寒さの中で……」

本来は夏に咲くはずが、降り霜に凍《こご》えながら、ただ一輪、懸命に天を目指していた。この駒繋は去年も、苦しみの中にあった澪を励ますように、次々と時ならぬ花を咲かせてくれたのだ。時季外れの駒繋を見て、想いびとは澪を思い出す、と言っていた。時ならぬ花は、澪にとって希望の標《しるべ》だった。

咲くかしら。

咲いてくれるかしら。

澪は手を伸ばして、驚かさぬようそっと花枝に触れた。房の蕾はまだ固い。これから寒さに向かうのだ、このまま朽《く》ちてしまうかも知れない——。けれども、そんな澪の憂慮を押し返すように、一輪の駒繋は懸命に天を目指している。

この日、つる家が最後の割籠を売り出す、というので、肌寒い中、朝四つ頃からお手軽を求めてお客が並び始め、四ツ半には列は俎橋の手前で折り返して九段坂の半《なか》ばに至った。用意できる割籠は百なので、順に数えて列を区切り、あとは店主とりうが平謝りに謝った。

「おお、こいつぁ粋《いき》だねぇ」

割籠を受け取ったお客が、歓声を上げる。蓋の表に「お名残り惜しみのご挨拶《あいさつ》」と墨書《ぼくしょ》された紙が貼ってあった。

種市が声を張り上げる。

「中身は初回と同じだよぅ。ひと巡りして、次は無《ね》ぇ。割籠はもう返さなくて良いし、今日は端《はな》から十六文だ」

澪も売り手に回り、お客に割籠を手渡した。馴染みのお客にも、そうでないお客にも、丁寧に礼を言う。だが、逆にお客の方が感謝を口にするのだ。

「ありがとよ。安い値で、とびきり美味しい弁当を食わせてもらったぜ」

中に、老女やおかみさんも幾人か。

「女がひとりで料理屋の暖簾を潜るのは難しいから、このお手軽は嬉しかったよ」

そんな声も寄せられた。

床几に並べてから小半刻《こはんとき》（約三十分）で、お手軽すべてを売り切った。列の解けた店前で、つる家の店主と奉公人たちは誰からともなく、表通りに向かって深々と頭を下げた。

火の扱いについての申し入れがあってから十九日。長いようで短い、けれども重い日々。感慨と安堵《あんど》と一抹《いちまつ》の寂しさを覚えながら、一同はお辞儀を続けた。

「お疲れさまでした」

その声に皆が顔を上げると、九段坂下、早帆が姿よく立っていた。

「早帆さま、今日は徒歩《かち》でいらしたんですか」

取り置いておいた割籠を風呂敷に包みながら、りうが首を傾《かし》げる。

ええ、と頷いて、早帆は店主に向き直った。

「お願いがございます。今日は最後の料理指南。出来れば一刻の間、澪さんを外にお連れしたいのです」

思いがけない申し入れに、店主と澪は戸惑って互いを見合った。

「早帆さま、そいつぁ一体どういう……」

「実家の母に、料理指南を受けている話をしましたところ、自分も是非に聞きたい、と申しまして。実は昨秋より体調を崩し、今も臥《ふ》せっておりますの」

早帆の声が沈んだことから、病状が決して軽くないことが窺える。

「評判のお手軽を手土産《てみやげ》に、澪さんにもご一緒頂ければ、きっと喜ぶと思うのです」

実家は牛込《うしごめ》御門近くで、つる家からなら片道、小半刻。そう遠くはない。

お澪坊、どうするね、と問う店主に、澪はこっくりと頷いた。

昨夜の冷え込みが効いたのか、それまで薄紅葉の風情だった唐楓《とうかえで》が一夜にして真っ赤に染まっていた。武家屋敷の塀の上から顔を出す欅《けやき》に桜、梅などの樹々の装いも、晩秋から初冬への移ろいを感じさせる。

「澪さん、少し急ぎましょう」

「はい、早帆さま」

九段坂を上りきり、そのまま道なりに真《ま》っ直《す》ぐ西へ進む。早帆は思いのほか健脚で、長い段々坂を上っても息も切らさず、歩く速さも変わらない。武家の奥方さまは滅多に歩くこともなかろうに、と澪は首を捻りながら、あとについて歩く。

「こちらです」

途中、早帆は北へ折れる道を示した。延々と、武家屋敷の白壁の単調な光景が続く。歩き進めるうち、徐々に早帆の足が遅くなった。枯草に覆われた野原を抜け、一軒の屋敷の重厚な腕木門《うでぎもん》の前で足を止める。澪を振り返るその眼差しが、揺らいでいた。

「もっと早くことを起こすべきでした。けれど、思いがけず子を喪《うしな》い、悲しみに暮れるうちに時を逸《いっ》し……。あなたを知り、その人となりに惹《ひ》かれ、道を探しました」

早帆の言わんとする意味が、澪には一向にわからない。ただ、途中で口を挟むことが憚《はばか》られるほど、早帆は思いつめた顔をしている。

「何とか道を見つけたものの、それが果たして当人のためなのかどうか、わからなくなり……。けれど、昨日のあなたの言葉に背中を押され、昨夜のうちに本丸に乗り込んで、話を付けたのです」

本丸、と繰り返して、澪は眉を下げる。

本丸とは、千代田のお城のことだろうか。それとも何かの比喩《ひゆ》なのか。

澪の下がった眉を見て、漸《ようや》く早帆の頰が緩んだ。澪さん、と名を呼んで、優しくその手を取る。

「これから見聞きすることは、あなたを驚かせるでしょう。けれども私はこの手を、あなたの手を決して放しませぬ。願いが叶うまで長く時がかかりましょうが、恐れや不安を越えて、私を信じてくださりませ」

何に驚き、何を恐れるというのか。何ひとつわからず竦んでいる澪に、早帆は深く頷いてみせると、きっと顔を上げて門を仰《あお》いだ。

「さあ、本丸へ参りましょう」

二百坪ほどの庭を囲むように、渡り廊下が続く。

澪があとについて来ているかどうかを確かめながら、早帆は摺《す》り足で先を急いだ。

侍女たちが早帆の姿を認めると、身を屈めて脇に控える。

「お姫《ひい》さま」

白髪《しらが》頭の侍が転がるように駆けつけ、早帆の足もとへ平伏した。重光《しげみつ》、とそれが老人の名か、早帆が切迫した声で呼ぶ。

「母上のお加減は如何《いかが》か。浮腫《むく》みはどうか」

まだ引いておりませぬ、と重光は応え、面《おもて》を上げた。その顔を見て、澪は微《かす》かに首を傾げた。覚えがある。つる家のお客だろうか、と記憶の糸を手繰《たぐ》るうち、脳裏《のうり》に浮かぶ光景があった。

つる家の入れ込み座敷。清右衛門と口論する美緒《みお》。その様子を眺めている初老の侍。

——あの娘御は『みお』殿で間違いないのか
「あ」

澪は小さく声を上げた。

美緒と澪とを取り違えた侍。

御高祖頭巾《おこそずきん》を被《かぶ》った老女に付き添っていた、あの侍だった。そしてその老女こそ、澪の想いびと、小松原の母親だったのだ。腎の臓を病み、浮腫みに苦しむ老女に、小松原を通して、ははきぎの実を送ったことを思い返す。

「母上の……浮腫み……」

茫然とした顔で、澪は早帆を見た。

「では、早帆さまは小松原さまの……」

それには応えず、早帆はさっと澪の腕を捉えた。

侍女によって襖《ふすま》が開けられ、寝所と思しき部屋へ通される。中ほどに敷かれた布団《ふとん》に、老女が上体を起こしていた。その方が楽なのか、前に積み上げた座布団を抱え込むようにして、ぜいぜいと喘鳴《ぜんめい》を放っている。

「ひと払いを」

早帆が強い声で言うと、控えていた侍女らがさっと部屋を出た。

「重光、お前も下がりなさい」

次の間に控える重光に命じ、襖、障子が全て閉められる。澪は金縛りにあったように、襖の前から動けない。

脇へ座り、母上、と早帆が優しく呼んだ。

老女がゆっくりと首を捩じり、こちらを見た。

澪は息を詰める。確かに見覚えのある顔だったが、青黒く、浮腫みは一層酷い。

「このような姿で相済まぬ。医師が言うには、心《しん》の臓にまで水が溜まっておるのだそうな」

自身にかけられた言葉と気付いて、澪はその場で平伏した。

「もっと近《ちこ》う」

弱々しく手招きされ、澪はおずおずと膝行し、早帆の隣りに控える。

「我が名は覚華院《かくけいん》……否、里津《りつ》。里津と申す。そなたが小松原と呼ぶ浪人は、実名を小野寺数馬《おのでらかずま》と言い、この早帆の兄にあたるのです」

喉が妙な音で鳴った。澪は狼狽《うろた》え、両の掌を重ねて唇を塞ぐ。

里津の喘鳴は一層強く、早帆は母の背を撫で続けている。良い、と早帆の手を止めさせると、里津は、難儀しながら澪の方へと上体を移した。

畳に付いた手が気の毒なほど浮腫《むく》んでいる。里津はその手を澪の膝《ひざ》に置いた。

「そなたを数馬の嫁に迎えよ、と昨夜、早帆が懇願しに参った。話にならぬ――昨年の私ならやはりそう応えたはず。なれど、そなたが数馬をどう思っているかを聞き、心が動いた。親ならばこそ、そして、刻が残されているわけではないからこそ、心が動いたのです」

里津は肩を激しく上下させている。

「二年の間、駒澤《こまざわ》家で……早帆のもとで武家奉公をなさい。二年かけて旗本の奥方となるに相応しい作法と教養を身につけるのです。そして、しかるべき旗本の養女となり、小野寺の家へ嫁いで来なさい。そのための道筋はこの早帆が全て整えておる」

澪の身体が小刻みに震えだした。里津の言葉は耳に届いているのだが、そんなはずはない、そんなことはありえない、と心が理解を拒《こば》むのだ。

返事は、と老女に縋《すが》られても、澪はただ瞳を見開いたまま震えるばかり。その姿に苛立《いらだ》ったのだろう、里津は激しく咳き込み、喘鳴の中で苦しげに声を絞った。

「町娘が御膳奉行《ごぜんぶぎよう》の妻となるには、数多《あまた》の苦難もあろう。なれど、はきぎの実を食材に変えたそなたならば、きっと乗り越えられる。縁者からは不平も不満も出ようが、私は残る命を賭《か》けて、それらを封じてみせましょう」

返事を、と責められて、澪は自身の両肘を抱え込む。そうしなければ身体の震えを止められなかった。前屈みになって何とか声を絞ろうとするが果たせない。幾度も幾度も試《こころ》みて、漸《ようや》く、掠れた声が出た。しかし、里津も早帆も聞き取ることが出来ない。

「澪さん」

見かねて早帆が、両の手で澪の肩を摑《つか》んで揺さぶった。

「答えるのです」

「お許しください」

澪の口をついて、悲鳴のような声が洩れた。早帆の手を振り解《ほど》き、よろよろと立ち上がると襖をこじ開ける。そうしてあとも見ずに逃げるように部屋を飛び出した。背後から早帆の声が追いかけてきたが、振り向かなかった。

重光の制止も、侍女たちの懇願も振り払って、廊下を走り、無我夢中で屋敷を出た。蛙原まで駆けたところで足が縺《もつ》れ、枯草の中に倒れ込む。倒れたまま、両の手で草を摑んだ。

これは夢だ。きっと夢だ。

早帆も里津も、悪ふざけでひとの心を弄《もてあそ》ぶようなひとたちではない。だから、これは夢に違いないのだ。

──よう、下がり眉

想いびとの飄々《ひょうひょう》とした顔が浮かぶ。

その目尻に寄る皺や、箸を持つ筋張った手が、鮮やかに脳裏に浮かぶ。

──指を大事にしろ

耳に、その声が帰る。

早く、早く醒《さ》めて。

澪は両の手を伸ばして、草をむしりながら身を捩った。

お願いだから、早く醒めて。

むしられた枯草から日向《ひなた》の匂いが立ちのぼる。澪は苦しくなって顔を上げた。怖くて、恐ろしくて、壊れてしまいそうだ。

お父はん、お母はん。

私、怖い。怖うてならんの。

お父はん、お母はん、お願い、私を助けて。

胸のうちで父母を呼んで、澪は泣いた。泣きながら、枯草の奥に、時ならぬ花の幻《まぼろし》を見ていた。化け物稲荷の、あの駒繋がゆっくりと開花する幻を見ていた。

心星《しんぼし》ひとつ

──あたり苧環《おだまき》

「中身は、ただの大根と油揚げなのによぅ」

汁椀《しるわん》を手に、お客がつくづくと洩《も》らす。

「あんまり旨《うま》くて、俺《おら》ぁ泣きたくなっちまう」

全《まった》くだ、と周囲のお客が揃《そろ》って頷《うなず》いた。

大根に粗く刻んだ油揚げ、たっぷりと吸い地を張った大ぶりの汁椀からは、ほかほかと柔らかな湯気が上がっている。

神無月、二日。火の扱いの申し入れが解《と》かれて、まだ二日目。日が暮れてからの熱い汁物に、お客たちは感激しきりだ。否《いな》、お客ばかりではない。

「存分にお代わりしてくんな」

店主の種市《たねいち》が洟《はな》を啜《すす》りながら、声を張る。

「昔っから言うだろ、『熱いがご馳走《ちそう》』だ、腹から温《ぬく》もってくんなよ」

店主の声は調理場にも届き、汚れた器《うつわ》を洗っていた芳《よし》の手を止めさせた。

「ほんに嬉《うれ》しいこと」

にこやかに言って、芳は同意を求めるように澪《みお》を見た。だが、澪は黙って吸い地の味をみている。料理に集中するあまり、芳の言葉が耳に届いていない様子だ。

芳は重ねて話しかけようとして、思い留《とど》まった。

「昨日もあんな様子でしたよねぇ」

膳を下げてきたりうが、芳にそっと耳打ちする。へえ、と芳もそっと囁《ささや》き返した。

「一昨日、早帆《さほ》さまと出かけて以来、ろくに口も利《き》かんようになりました」

何があったか問うてみたものの、澪は頑《かたく》なに、何もない、と繰り返すばかり。そうでしたか、とりうは頷いてみせる。

「料理に没頭できるようですから、まぁそう大したことでもないんでしょう」

店の表で、おいでなさいませ、とお客を迎えるふきの声が響いて、りうは座敷へと急ぐ。結局、この日は暖簾《のれん》を終《しま》うまで、熱い料理を求めるお客で店は賑《にぎ》わい続けた。

木戸番《きどばん》の打つ拍子木《ひょうしぎ》の音が、微《かす》かに聞こえてくる。ひと寝入りして、ふっと目が覚めた芳は、部屋の空気が何処《どこ》となく緊迫しているのを感じ取った。おそらく、隣りの娘がまんじりともせず、息を詰めているせいだろう。澪、と呼んで半身を起こす。

「今日も寝付かれへんのか。あれだけ働いて、一睡《いっすい》もせんでは身体《からだ》を壊してしまいますで」

「ご寮《りょん》さん、風邪《かぜ》を引かれては大変です」

澪は慌てて起き上がり、夜着《よぎ》を引っ張って手探《てさぐ》りで芳に掛ける。その手を芳はさっと押さえた。

「なぁ、澪。何で私に話してくれんのだす。あの日、早帆さまの里で何があったんや。お前《ま》はんをそこまで悩ませる、一体何があったんだす」

何でも、と小さく答えて、澪は芳の手をそっと外《はず》した。

「ほんまに何でもあらへんのだす。ただ、夢を……怖《こわ》い夢を見ただけだす」

「夢？」

芳の問いかけに、へぇ、と澪は頷く。

「夢やさかい、もう思い出すこともおまへん」

くに訛《なま》りに戻っているのに気付くこともなく、澪は静かにそう告げた。

芳を布団に戻し、自身も夜着を鼻の上まで引き上げて目を閉じる。

――そなたを数馬《かずま》の嫁に迎えよ、と昨夜、早帆が懇願しに参った

瞼《まぶた》の裏に、里津《りつ》の苦しげな表情が浮かぶ。

――澪さん、答えるのです

早帆の強張《こわば》った顔も浮かんだ。

あれは夢。怖い夢。

女料理人に過ぎない自分が、武家の、しかも御膳奉行《ごぜんぶぎょう》という身分のひとと添えるわけがない。あまりに姿を見せない小松原《こまつばら》を想《おも》うあまり、あんな夢を見てしまったのだ。

明日は「三方よしの日」。芳の言う通り、少しでも眠らないと。澪は密やかに息を整えた。


「あのまま『三方よしの日』はなくなっちまうのか、と案じたが」

山芋の皮を厚く剝《む》きながら、又次《またじ》が言う。

「親父《おやじ》さんから使いをもらった時は、安堵《あんど》したぜ。どうにも三のつく日にここに来られねぇと、落ち着かなくていけねぇ」

すっかりつる家の奉公人になっちまった、と又次は鼻に皺《しわ》を寄せて笑った。

又次の脇で難儀しながら銀杏《ぎんなん》の殻《から》を砕いていたふきが、うふふ、と可愛《かわい》らしい笑い声を上げる。あれほど又次を恐れていたふきが、今は心から慕《した》う様子が心地よい。澪は少し救われた思いがして、頰《ほお》を緩《ゆる》めた。

煮炊《にた》きの湯気が調理場を温かく保ち、凍《こご》えていた澪の心を解《ほぐ》した。胸に陽《ひ》だまりが返ってくる。澪は、純白の歯を覗《のぞ》かせながら、ふたりに笑いかけた。

「今日は熱いものをお出しできるので、腕の振るい甲斐《がい》がありますね」

「ああ、澪さんがやっと笑った」

勝手口から、りうがひょいと顔を覗かせた。どこで手折《たお》ったのか、紫の竜胆《りんどう》を一輪、手にしている。皆と朝の挨拶《あいさつ》を交わすと、りうは改めて澪に向かった。

「このところ難しい顔ばかりだったから、安心しましたよ」

難しい顔、と繰り返すと、澪は眉《まゆ》を下げる。

「自分では気が付かなくて」

「眉間《みけん》にこんな皺を寄せてましたねぇ」

りうは大袈裟《おおげさ》に指で眉間を摘《つ》まんでみせる。それを見て、ふきがこくこくと頷いた。

そんな、と澪は中指の腹で眉間を撫《な》でてみた。

「お早うさんだす」

遅うなりました、と最後に芳が姿を見せて、つる家の「三方よしの日」が動きだす。

つる家の表にひとりの侍が立ったのは、そんな時だった。

御免《ごめん》、という声に気付いた店主が、

「気の短ぇ《みじけ》野郎が、今夜の献立《こんだて》でも聞きにきやがったのか。やれやれ、人気があるのも辛《つれ》ぇもんよ」

と、零《こぼ》しながら表へと回った。

「拙者は小野寺《おのでら》家の用人で、多浜重光《たはましげみつ》と申すもの」

入れ込み座敷に通された白髪の侍は折り目正しく名乗り、浅く一礼した。重光の要望で、座敷には店主と芳、それに澪が同席している。

小野寺家、と繰り返して考え込んだ店主を見て、言葉が足りぬ、と気付いたのだろう。重光は軽く咳払《せきばら》いをしたのち、小野寺家というのは三河《みかわ》以来の御旗本《おはたもと》で、初代もまた三河の出身である、と言い添えた。芳は戸惑《とまど》いを隠さず、じっと重光を見つめている。澪はというと、先ほどから唇《くちびる》をぐっと噛《か》み締めて、俯《うつむ》いたままだ。

重光の顔をしげしげと眺めて、さて、と種市は首を捻《ひね》った。

「年寄りのことだ、間違いなら勘弁しておくんなさいまし。だが、どうにもあっしは旦那に見覚えがある気がしてならねぇんで」

芳も、同意するように頷いた。重光はちらりと澪を見て、迷いながら口を開く。

「昨年の、さよう、同じく神無月の頃でござった。ははきぎの料理を食《しょく》しに、こちらにいらした老女を覚えておいでか」

芳と種市が視線を交《まじ》えて、頷き合った。ふたりが老女と会ったのは一度きりだが、忘れられるものではない。種市が身を乗り出した。

「よく覚えてますぜ。お澪坊、否《いや》、うちの料理人の作った料理を綺麗《きれい》に平らげた上、過分な心付けを置いてお帰りになった」

「さよう。あのおかたこそ小野寺家当主ご母堂、覚華院《かくけいん》さまである。覚華院さまは、澪殿を大層気に入り、是非とも武家奉公に、と仰《おお》せなのだ」

種市も芳も、事情がよく呑《の》み込めない。武家奉公、というのも唐突だが、何故《なぜ》、一年も経《た》ってからそんな話が持ち上がったのか。わからないことだらけだ。

「武家奉公ってなぁ、何ですかい、お澪坊をお傍《そば》に置いて身の回りの世話をさせる代わりに、武家の躾《しつけ》だ教養だを教え込む、ってあれですかい」

警戒した声で種市が問うと、重光は満足そうに、さよう、さよう、と頷いた。

「書や和歌、琴《こと》などの雅《みやび》な教養のほかにも、武家の女人としての立ち居振る舞いを身につけることが出来る」

「冗談言っちゃいけねぇ」

やおら種市は腕を捲《まく》り始めた。

「お澪坊をただ働きさせた上、散々恩に着せて教え込むのが和歌やら琴だってぇのか。

そんなもんで腹が膨《ふく》れるのか、生きていけるのかよ。町娘が武家の立ち居振る舞いなんぞ身に着けて、一体何になるってんだ」

帰ってくんな、と種市は怒りを込めて立ち上がった。

よもやそんな返答を受けるとは思わなかったのだろう、重光はおろおろと腰を浮かせた。種市は怒りに任せて、さっさと帰んな、と老侍を追い立てにかかった。騒ぎに気付いたりうと又次が、間仕切り越し、心配そうにこちらを覗いている。

待て待て、と重光は必死で店主を宥《なだ》める。

「武術も教えてもらえるのだ。覚華院さまも早帆さまも大層腕が立つ」

「早帆さま？」

聞き咎《とが》めて、芳がふたりの間に割って入る。

「今、早帆さま、と言わはりましたなぁ」

途端《とたん》、重光は狼狽《うろた》えて我が口を押えた。見れば、額《ひたい》には脂汗《あぶらあせ》がじっとり浮いている。

芳は暫《しばら》くの間、重光の様子を凝視したのち、その視線をすっと澪へと滑《すべ》らせた。澪は血の色の失せた頬《う》を引き攣《つ》らせ、俯いたきり石のように固まっている。

芳は小さく息を吐くと、重光に向き直った。

「多浜さま、澪は私にとって娘も同然でおます。その娘の一生に関わる問題なら、私も仔細《しさい》を伺《うかが》わんわけにいかへんのだす。どうぞ包み隠さず話しておくんなはれ」

重光は俯《うつむ》き、黙ったまま手の甲で額を拭《ぬぐ》っている。芳はさらに畳み込む。

「覚華院さまと早帆さまとのご関係。澪の武家奉公のお話が今になって持ち上がった理由とその目的。この三つがはっきりせんことには、多浜様に今日、お越し頂いたことと自体が無駄になりますやろ」

一分《いちぶ》の隙《すき》もない芳の応対に、重光は俯いたまま、更《さら》に噴き出した汗を拭う。早帆の名を出しさえしなければ、覚華院が澪を気に入り、身の回りの世話をさせたいと願っている、という方向で事を運ぶつもりだったのだろう。

「致し方あるまい」

長い沈黙のあと、重光は腹を括《くく》ったように顔を上げた。

「話して進ぜよう。ただし、これより話すことはこの店の中のみに留《とど》め、決して他に洩らさぬ、と誓って頂きたい」

重光の目が気がかりそうに間仕切りの方へ向くのを見て、種市はむっと腕を組んだ。

「お澪坊の身に関わることを軽々しく他へ洩らすような奴ぁ、この店には居ねぇよ。調理場に居る者にせよ下足番《げそく》にせよ、客の中にだって、そんな奴は居ねぇ」

さようか、と僅《わず》かに不満を滲《にじ》ませながらも、これ以上店主の機嫌を損じるべきではない、と踏んだのだろう。重光は頭《かぶり》を振り振り、切り出した。

「昼餉《ひるげ》は休み、ってそりゃ一体どういうわけでぇ」

暖簾を終ったままのつる家の表で、先ほどから男たちが下足番に嚙みついている。

「こちとら、つる家で食べるのを楽しみに、朝飯抜きで働き通しだったてぇのに」

済みません、と額が膝《ひざ》にくっつきそうなほど頭を下げて、ふきは詫《わ》びた。騒動に気付いた又次が出ていって、ふきを後ろに庇《かば》う。

「相済《あいす》みません、七つからの『三方よしの日』は変わりありませんので、お待ちしています」

強面《こわもて》の又次が一切の言い訳をせずに詫びたことが功を奏して、男たちは怒りを鎮《しず》めて帰っていく。

お客への対応をふたりに任せたまま、調理場では店主と残りの奉公人たちが、それぞれの思いに沈んだまま微動だにしない。

「何てこったい」

口火を切ったのは、先刻から頭を抱え込んでいる店主だった。

「あの小松原さまが御旗本だと？　ゆくゆくはお澪坊がその奥方におさまるために、

早帆さまのところで武家奉公しろだと？　そんな話があるわけねぇ。狸《たぬき》に化かされたに決まってらぁ」

「それほど優秀な狸には見えませんでしたがねぇ。ただ、主の役職について黙り通したことだけ、褒《ほ》めてあげるとしましょうか」

　よいしょ、と板敷から立ち上がって、りうは流しに向かう。立ち流しに置かれたままの一輪の竜胆《りんどう》は、すっかり萎《しお》れていた。可哀想《かわいそう》に、とりうは竜胆を手に取った。

「身分違いは添えぬ、なんてのは建前《たてまえ》ですよ。武家の娘が町人に嫁ぐこともあるし、その逆もあります。抜け道なんてのは幾《いく》らでもありますからね」

　一輪挿しに水を張ると竜胆を入れ、勝手口脇の柱の釘《くぎ》に引っかける。そうしてりうは、板敷で石と化している三人を振り返った。

「このあたしも、降って湧《わ》いた話に動揺しちまったんで偉《えら》そうなことは言えませんがね。料理屋がその刻限に店を開けない、というのは決して褒められたものではありませんよ」

　りうのひと言で、芳と澪とが同時に顔を上げる。りうは歯の無い口を窄《すぼ》めてみせた。

「暖簾を終ってからでも存分に悩むことは出来るはずですからね。今は『三方よしの日』でお客に喜んでもらうことだけ考えたらどうです？　少なくとも、もうひとりの料理人と下足番は、その心積もりですよ」

りうの言う通りだった。澪は脇に置いていた襷《たすき》に手を伸ばした。

松葉の先に、素揚《すあ》げした銀杏がひとつずつ刺してある。四角い皿にその松葉が二組。加えて鯊《はぜ》の天ぷらが三尾《び》。皿の隅には、ひと匙《さじ》の塩。その日、開店が遅れたお詫びに、全《すべ》てのお客に振る舞われたお詫びの一品だ。

「たかが銀杏なのによう、どうしてこうも洒落《しゃれ》た真似《まね》が出来るのか」

お客のほとんどが松葉を摘まんで持ち上げて、艶々《つやつや》と翡翠《ひすい》色に輝く銀杏に見惚《みと》れる。

「こいつぁ男には無理だ。女料理人だからこそ、てぇ気がするぜ」

確かに、と座敷のお客が一斉に頷いた。

そんな遣《や》り取りが調理場まで響いて、又次が仄《ほの》かに目もとを和《やわ》らげる。

「良かったな、澪さん」

だが、又次の声さえも耳を素通りしていく。

澪は、ただひたすらに料理のことだけに心を向けていた。

口から摂《と》るものだけがひとの身体を作るのだ。健《すこ》やかになるものを、より美味《おい》しく食べてもらおう。そう考えて料理に向かう時だけ、激しい恐怖からも、眠れぬほどの不安からも解放される。今はそれがありがたかった。

最後のお客を見送って、暖簾を終うと、主人も奉公人も度《ど》し難《がた》い疲労に襲われた。ことに種市はふらふらだった。

「考えなきゃなんねぇことが山積みなのによう、頭が動きやがらねぇ。俺ぁ今夜はもう何も考えたかねぇよ」

そう言って板敷に大の字に倒れてしまった。

「そりゃそうでしょうとも」

帰り仕度《じたく》の手を止めて、りうは店主を慰《なぐさ》める。

「出来の悪い狸、もとい、多浜さまも月半《なか》ばまでは充分に考えるように、と仰《おつしや》ってましたからね。今夜は何も考えずに休むことです」

金沢町の表通りまで、芳と澪を送っての別れ際《ぎわ》。又次は、ふと足を止めて、澪の方を振り返った。

「いつぞやの、あの侍だな。澪さん」

空にかかる月は細く、提灯《ちようちん》の明かりでは互いの表情は見えない。

「せんば煮、とかいう料理のことを澪さんに聞いていた」

澪は、黙って頷いた。去年の今頃の「三方よしの日」に、つる家の調理場で小松原と又次が遭遇したのを思い出していた。

やっぱり、と又次は頷いた。

「俺ぁ、よく覚えてるぜ。そうか、あの侍か」

言ったきり、又次は黙り込んでいる。

ごめんよ、と三人の傍《かたわ》らを男がすり抜けていく。何処かで一杯呑んだのか、提灯がゆらりゆらりと大きく左右に揺れていた。

芳が、澪、と柔らかな声で呼んだ。

「私は先に帰ってるさかいに。又次さん、ほな、お休みやす」

又次と澪、ふたりだけで話した方が良い、と思ったのだろう、芳は酔っ払いの提灯を頼りに、裏店《うらだな》へ続く路地へと入ってしまった。だが、芳が去っても、又次はなかなか口を開かない。澪は手にした提灯の明かりに目を落として、じっと沈黙に耐えた。

暫《しばら》くして、又次は静かに唇を解いた。

「俺ぁこれまで、あんたを太夫《たゆう》の傍に引き寄せることばかり望んできた。だが、もう言わねぇよ。里じゃあ、堅気《かたぎ》の幸せってぇのに縁は無《ね》ぇ。澪さんのことだ、他人の思いを勘定に入れて悩むだろうが、あんたが幸せになる道を選んでもらいてぇ。……太夫なら、きっとそう言うぜ」

最後の方を噛み締めるように言うと、男は澪に視線を向けることなく、足早に立ち去った。澪はその場に佇《たたず》んで、又次の提灯が明神下《みょうじんした》の方へ遠ざかるのを見送る。

怒濤《どとう》の一日が終わろうとしていた。

小野寺家で起きたことを、里津や早帆からかけられた言葉を、夢だと自身に言い聞かせてきたが、現《うつつ》と知れてしまった。女料理人として懸命に、けれど慎《つつ》ましく生きてきたはずが、その人生が今、大きなうねりの渦《うず》に呑み込まれようとしている。冷たい風が肌を刺し、澪は小さく身震いした。

部屋に戻ると、芳の手ですでに布団《ふとん》が敷かれていた。暗黙のうちにその夜は話を避け、夜着に包《くる》まった。もう芳に隠し事をせずに済む、という安堵が、澪を幾日かぶりの眠りに誘った。澪の寝息を聞きながら、芳は闇《やみ》を凝視していた。

旦那《だん》さん、と芳は吐く息で亡き夫を呼んだ。

傍らで眠る娘を、真実、血を分けた娘のように近しく思う。想いびとが居ることを知ってもなお、佐兵衛《さへえ》と夫婦になってくれれば、との願いを持ち続けていた。若いふたりでこの江戸に再び天満一兆庵《てんまいっちょうあん》の暖簾を掲《かか》げてくれたら、と。丸に天の字を染めた真っ白な暖簾の前で、夫婦して佇む姿を思い描いては、胸に希望の灯を点《とも》し続けてきたのだ。失意の中で逝《い》ってしまった嘉兵衛《かへえ》のためにも夢を叶えたい、と願った。

しかし……。

「旦那さん、堪忍しとくれやす」

芳は低く呟《つぶや》いた。くっ、と嗚咽《おえつ》が洩れそうになり、慌てて夜着から手を出して唇を覆《おお》った。芳の苦悩に気付くこともなく、澪は昏々と眠り続けていた。


「そりゃあ小松原の旦那とお澪坊なら、似合いっちゃあ似合いだ。うん、あのふたりなら良い夫婦になるだろうよ」

翌朝早く、つる家の勝手口の前に立つと、独り言だろうか、内側から店主のぶつぶつという声が聞こえてきた。引き戸を開けるのが躊躇《ためら》われて、澪は、戸に手をかけたまま動けずにいた。

「小松原さまがただの浪士てぇなら、いっそ刀なんぞ捨てちまって、このつる家をお澪坊ごともらってくれ、と言えるんだがなぁ。役職が何かは知らねぇが、御旗本の殿さまだなんてなぁ、とんでもねぇや」

どうすりゃ良いんだよぅ、と呻《うめ》いている。

中に入るに入れず、項垂《うなだ》れる娘の肩を、誰かが後ろからぽんぽんと叩《たた》いた。

「りうさん」

歯茎《はぐき》を剝きだしにして笑っている老女を見つけて、澪はほっと安堵した。

引き戸の奥からは、どうすりゃ良いんだよぅ、という種市の繰《く》り言《ごと》がまだ続いている。事情を察したりうが、ひょいと肩を竦《すく》めてみせた。そして澪の代わりに勢いよく戸を開けて、お早うございます、と声を張った。

店主と奉公人、それぞれが心の中に屈託を抱きつつ、常《つね》と変わらぬ刻《とき》が店の中を流れる。昼餉時は常客に加えて、紅葉《もみじ》狩り帰りの客で入れ込み座敷は一層賑わった。くるくると働いている間は良いのだが、やがて客足が止《や》み、遅い賄《まかな》いを食べる段になると、困った。

芳は黙り込んだまま、店主は大きな溜《た》め息《いき》ばかりつき、ふきはおどおどと土間からこちらを覗いている。澪は居たたまれず、皆に背中を向けて黙々と豆腐に串を打つ。

ふいに、嫌《いや》だ嫌だ、とりうが箸《はし》を置いた。

「まるでお通夜《つや》じゃありませんか。せっかくの美味《おい》しい賄いが、味もしないったら」

「そんなこと言ってもよぅ、りうさんは全部きれいに平らげてるじゃねぇか」

種市は恨めしそうに、老女の膳を見た。里芋《さといも》ご飯が入っていた飯碗も、大根の味噌汁の入っていた汁椀も、舐《な》めたごとくになっている。なかなか中身の減らない店主や芳の膳と対照的だった。

「大体よう、こんな時に平然と飯が食えるってなぁどうかしてるぜ。お澪坊の一大事だってぇのによう」

店主の憎まれ口を、りうは熱いお茶を啜りながら、しれっと聞いていた。しかし、種市の繰り言は止まず、ほとほと呆《あき》れた顔で、りうは湯飲みを膝に置いた。

「良いですか、武家へ嫁ぐかどうか、決めるのは澪さん自身ですよ」

ぴしゃりと言われて、種市は口を歪《ゆが》める。

「そ、そりゃまあ、そうだが」

「前にも似たようなことがありましたねぇ、ほら、登龍楼《とりゅうろう》か翁屋《おきなや》か、ってあれですよ。いい加減、学んでも良いんじゃないんですか」

りうは、種市と芳とを交互に見る。

「それでなくとも澪さんは自分の気持ちより、あなたがたの気持ちに重きを置くひとですよ。下手《へた》に騒がず、澪さんの気持ちを大事に、その心が決まるように見守っては如何《いかが》ですか」

その言葉に、種市は項垂れ、芳はりうに深く頭を下げた。澪はどう振る舞って良いかわからず、串を手に黙って俯《うつむ》いていた。

ふと、開いたままの勝手口にひとの気配を感じて、澪は視線を向ける。そこに立つひとを見て、思わず息を呑み込んだ。

「美緒《みお》さん」

澪の声に、板敷の三人が揃って顔を上げた。

島田に結いあげた髪。見慣れたびらびら簪《かんざし》は、摘まみ細工の上品な前挿しに替わっている。美しく化粧を施《ほどこ》し、はにかんで微笑《ほほえ》む口もとから鉄漿《おはぐろ》が覗く。

「ご無沙汰《ぶさた》しています」

匂《にお》い立つほどに美しいそのひとは、日本橋伊勢屋《いせや》の跡取り娘で、皐月《さつき》に婿《むこ》を取ったばかりの美緒だったのだ。通し文《もん》や七宝《しっぽう》文を段つなぎにした柔らかな萱草《かんぞう》色の小紋《こもん》が、美緒をより新妻らしく見せていた。

「ここ、こいつぁ」

種市が腰を浮かせたまま、後ろに引っくり返りそうになっている。

「伊勢屋の弁天様が、天女になっちまったよぅ」

店主の言い草に、美緒はまぁ、と軽く目を見張り、手の甲を口に当てて朗《ほが》らかに笑った。それを合図に、皆が美緒を取り囲んだ。

「ほんに、お綺麗にならはって」

「錦絵《にしきえ》から抜き出たかと思っちまいましたよ」

見惚《みと》れる芳とりうに、美緒は艶《あで》やかに微笑みながら、

「綺麗なのは昔からですわ」

と、応《こた》えた。

「まあ」

芳とりうが揃って絶句する。

ふきが耐えきれないように蹲《うずくま》って笑いだした。懐かしさで滲みだした涙を拭いながら、澪も明るく笑う。ふたりの様子に美緒が頰を染め、調理場が皆の笑いで揺れた。

「美緒さん、元気なのね」

澪が問うと、美緒は腕を伸ばして友の手を取り、ええ、と頷いてみせた。もう二度と戻らない、と思っていたひととの絆《きずな》が蘇《よみがえ》ったことが嬉《うれ》しくて、澪の視界は霞《かす》んだ。

美緒は菓子折りを差し出すと、遅ればせながら婚姻の挨拶をし、一同から祝福を受けた。

「少しだけ、澪さんと話をさせて頂いてもよろしいかしら」

帰り際、美緒は店主に許しをもらうと、澪とともに外へ出た。俎《まない》橋《た》の袂《たもと》まで来た時に、懐《ふところ》から紙包みを取り出して澪に手渡した。

「これは?」

受け取って、首を傾《かし》げる澪に、

「『白牡丹《はくぼたん》』という白粉《おしろい》よ。去年から流行《はや》っていて、とても使い勝手が良いの。爽助《そうすけ》が……うちのひとが、幾つも買ってくるので困っているの。澪さんに使ってもらおうと思って」

と、美緒は口もとを緩めた。

半年前、牡丹の花の咲く季節に、この橋の袂で爽助との祝言《しゅうげん》を嫌って泣いていた、同じ娘とは思われない。しっとりとした落ち着きと艶やかさ、その両方を備えて、新妻は澪に微笑んでいる。充分に愛情をかけられた者だけが持つ、満ち足りた美しさだった。

「美緒さん」

澪はふいに胸が一杯になって、どう言葉を続けて良いかわからず、友の袖《そで》を摑《つか》んだまま俯いた。

「嫌だ、澪さん、泣いているの?」

美緒は澪の顔を覗き込んで、その背中に手を置いた。

だって、と澪は潤《うる》んだ瞳《ひとみ》を友に向ける。

「またこんな風に話せると思わなかったから」

そうね、と新妻は呟き、ふっと視線を向こう岸に向けた。

「澪さん、私ね、源斉《げんさい》先生のことを本当に好きだったの。大好きで……だからとても苦しかった。いつも、こんな風に手を差し伸べて」

美緒は、すっと右の腕を伸ばしてみせる。

「一生懸命に手を伸ばしても、先生は、決して私の手を取ってはくださらなかった。片恋は覚悟していたのだけれど、好きなひとに顧《かえり》みられないことは、とても苦しくて、辛《つら》くて、寂《さび》しかった」

でも今は、と言いさして美緒はふっと涙ぐむ。

そして今度は、澪の手を両の掌で包んだ。

「爽助は、器量や教養では源斉先生の足もとにも及ばないけれど、私が差し伸べた手をちゃんと握ってくれるの。こんな風に両の手でしっかりと握ってくれるのよ。それだけで、どれほど心が満たされるか知れないの」

良かった、美緒さんは本当に幸せなのだ。

澪は堪《たま》らなくなって、友に縋《すが》った。

飯田川に散り紅葉が浮いて、水面《みなも》を黄や赤に彩《いろど》りながらゆっくりと流れていく。それを眺めながら、ふたりは名残《なご》り惜しそうに組橋を渡った。向こう岸まで美緒を送り、別れようとした刹那《せつな》、澪さん、と呼び止められた。

「爽助と添うよう父から言われ続けた日、親なんて居なければ良かったのに、と。私、そう思ったの」

美緒は友から目線を逸《そ》らしたまま、続けた。

「澪さんみたいに親が居なければ、自分の想いだけで誰と添うかを決められたのに、と。そんな風に思ってしまったの」

「美緒さん」

澪は友のもとへ駆け戻った。ごめんなさい、と詫びる美緒の双眸《そうぼう》が潤んでいる。

「私、罰当《ばちあ》たりよね、本当にごめんなさい」

良いのよ、と澪は頭を振ってみせた。

自分の想いとは別に、親に伴侶《はんりよ》を決められてしまう。美緒にとって、それがどれほど辛いことだったか、充分に忖度《そんたく》できる。

「今になって漸《ようや》く、私の幸せを一番に考えての選択だった、と父に感謝しているの。本当よ」

美緒は白く細い指で、そっと涙を拭った。そして澪の腕を取ると、躊躇《ためら》いながら言った。

「ただ、澪さんには、出来れば想うひとと添うてほしいの。私の分まで、想いびとと結ばれてほしいのよ」

「無理だわ」

澪は弱々しく呻いた。

「無理なのよ、美緒さん」

「どうして？」

今度は美緒が、友に縋る。

「添えないわけは何なの？　身分の差なの？　それとも他に何かあるの？」

問われても、澪には答えられなかった。

澪と別れて、川沿いを美緒は足早に歩いていく。襟足《えりあし》のほつれ毛が気になるのか、後ろ手で首筋を撫でる姿が美しい。俎橋の中ほどで立ち止まって、澪は友の姿に見入っていた。

身分の差は、早帆や里津の尽力により、もしかすると乗り越えられるかも知れない。けれども、と澪は自身の掌に視線を落とす。

周囲から言われるままに、想いびとに手を差し伸べたとして、相手にこの手を取る気持ちがなければどうか。澪には小松原の気持ちが全く見えなかった。

欄干《らんかん》に両の手を置いて、川を覗く。散り紅葉に混じって、下がり眉の情けない顔が水面に映り込んでいた。若くも美しくもない。その上に料理にしか心が向かない。それが自分なのだ。欄干に手を置いたまま、澪は小さく息を吐いた。

刻の鐘が鳴る。捨て鐘が三回、続いて七回。

さあ、夕餉の仕度に取りかかろう。気持ちを奮《ふる》い立たせて、澪は来た道を戻った。


立冬《りっとう》を迎え、汲《く》み置きした水には朝晩、氷が張るようになった。寒さに慣れてきた身体にも、冷え込みは応える。澪は器を熱い湯につけて温めてから、お客に供する工夫をこの冬もまた始めていた。いつぞやのりうの一喝《いっかつ》が効いて、種市も芳も表立って狼狽《ろうばい》を見せず、つる家は活気づいたまま、昼餉と夕餉をお客に供し続ける。

八つ半（午後三時）を過ぎ、ひとの居なくなった入れ込み座敷に、坂村堂《さかむらどう》が上がり込んだ。傍らに清右衛門《せいえもん》の姿はない。まだ戯作《げさく》が上がっていないのだろう、と澪は思い、そのことにさほど気を留めなかった。

「お澪坊、ちょいと顔を出してくんねぇか」

注文を通しにきたはずの店主が、やけに改まった声で澪を呼んだ。坂村堂さんはお食事に見えたのではないのかしら、と澪は首を傾げながら店主のあとに従う。

座敷では芳が、坂村堂と何やら話し込んでいたのだが、澪の姿を認めると、口を噤《つぐ》んだ。澪が傍に座ると、坂村堂は、両脇の種市と芳に、私から話しても良いのですか、と確かめた上で澪に向き直った。

「実は、かねてよりご店主から、澪さんの代わりになる料理人を紹介してもらえまいか、と頼まれていたのです。色々と心当たりを尋ねて回り、今日はその返事に伺ったのですよ」

えっ、と驚いて、澪は店主を見た。種市は面目なさそうに俯いている。絶句する澪に、坂村堂は泥鰌髭《どじょうひげ》を撫でてみせた。

「武家奉公のお話を伺いました。御旗本から輿入《こしい》れを望まれるとは、何という吉祥《きちじょう》でしょう。また、先《さき》さまも澪さんを選ばれるとはお目が高いことです」

「お受けするつもりは」

版元《はんもと》の言葉を遮《さえぎ》ろうと身を乗り出した澪を、掌で制して、坂村堂は続ける。

「話を受けるか否《いな》かは澪さんが決めること。ですが、この店のことを案ずるあまり早まった答えを用意しないように、とのご店主の気持ちも大事になさい」

つる家は料理番付に載った店でもあるし、常客が多く居ることから、何よりも腕が立ち、かつ人柄も好ましい料理人を探し回った。しかし、なかなか思うような人物を見つけられずに難儀した、と坂村堂は経緯を語った。

「やはり『一柳《いちりゅう》』に頼もう、と思いまして、ひとを介して打診したところ、番頭《ばんとう》から、心当たりがある、との返事をもらったのです」

「一柳……」

繰り返して、澪は坂村堂を見た。一柳の店主の柳吾《りゅうご》と坂村堂とは父子でありながら、拗《こじ》れた仲であったはずだ。

「澪、坂村堂さんは、お前《ま》はんのために一柳さんに話を回してくれはったんだすで」

脇から芳が告げると、いやいや、と坂村堂は苦笑してみせる。

「家業を嫌って飛び出して以来、連絡を取ることもなかったのですが、ごく最近、どうしても父に詫びねばならないことを仕出かしてしまいまして……」

生まれて初めて父親に詫び状を書き送った、と打ち明けて、坂村堂は頭を掻《か》いた。生麩の一件だわ、と澪は即座に思い至り、しゅんと肩を落とす。澪と柳吾の間の遣《や》り取りを坂村堂は知らないはずだが、父と子の、心の溝を広げてしまったことに違いないのだ。澪は詫びの気持ちを込めて、坂村堂に深く頭を下げた。

坂村堂は、さり気なく澪から視線を外すと、こう続けた。

「詫び状を託したひとに、つる家の料理人を探していることを伝えてもらったところ、今日になって一柳の番頭がうちを訪ねてきましてね。ひとり良いのが居る、と」

そいつぁありがてぇ、と種市は揉《も》み手をして、ふと、版元に問うた。

「けど、旦那。肝心の詫び状の返事はもらわれたんですかい？」

坂村堂は無言で頭《かぶり》を振り、苦そうな顔のまま、出されたお茶をずずっと啜った。


夜、種市とふきに送られて店を出ると、空の高い位置に十日夜《とおかんや》の月が浮かんでいた。ふっくらと優しい表情の、恵みの月だ。

「綺麗なお月さんやなあ」

俎橋を渡りかけて、芳が感嘆の声を洩らした。へえ、と澪も思わず、くに訛りで応える。いつぞや芳が、月には慰めてもらっている気がする、と洩らしたことがあったが、本当にそうだ、と澪は天の月を仰いだ。

その柔らかな光が、武家屋敷の塀から覗く色づいた樹々《きぎ》を照らし、路地に散った落ち葉を浮き立たせる。ふたりの女は月に守られて、家路を急いだ。旅籠町《はたごちょう》まで辿《たど》り着いた時に、ふと、芳は足を止めて傍らの娘に問うた。

「なあ、澪。小松原さまのお役職は何か、お前《ま》はんに聞いてもええやろか」

小野寺家の用人は、主の役職については固く口を閉ざして打ち明けないままだった。澪も歩みを止め、はい、と深く頷いてみせる。

「御膳奉行さまだそうです」

御膳奉行、と繰り返して、芳は、ああ、と大きく頷いた。

「前々から、ただの浪士と違うとは思てたけんど、ほうか、御膳奉行さまか……」

言いさして、芳は何かを思い出したようだったが、それを口にすることはなかった。


深夜。

寝付かれぬまま夜着に鼻を埋めていた澪は、芳が半身を起こす気配を感じた。ご寮さん、と小さい声で呼びかけると、芳は、

「起こしてしもたんか。堪忍」

と、小さく詫びて、夜着の中を探った。

「澪、左の手を触らせてくれへんか」

言われて澪も身を起こし、芳の方へ左手を伸ばした。手探りで澪の左手を探し当てると、芳は、低い声で言った。

「二本の指だけ氷のようや。お前はんがこないな怪我《けが》をしたんは、御膳奉行が首を刎《は》ねられた、という話を聞かされた時やったなあ」

芳の言葉に、澪は身を固くした。料理人が刃物を扱っている時に、心の緩みから怪我をしたのだ。幾度も咎《とが》められて当然だし、澪自身、今もその失態を恥ずかしく思う。だが、芳は優しく両の掌で澪の左手を包んだ。

「ただ一途に料理だけで生きてきた娘が、その大事な指を怪我してしまうほど……。お前はんにとって、小松原さまは、否、小野寺さまは、それほどまでに大事なおかたなんやなあ」

芳の声が、僅《わず》かに湿っている。澪はどう応えて良いかわからず、唇を噛んだまま俯いた。

しんと静まり返った夜の底、微《かす》かに鳥の声がする。冬をこの地で過ごすために渡ってきた鶫《つぐみ》だろうか、くぃっくぃっと物悲しい鳴き声だ。それを機に、漸《ようや》く芳は澪の手を放した。

「ご寮さん、お身体が冷えてしまいます」

澪は夜着を一枚剝《は》がして、手探りで芳の身体にかけた。おおきに、と呟いたあと、芳は意を決したように、澪、と呼びかけた。

「お前はんには何より才があるよって、料理人としての人生は捨て難いとは思う。けんど、想うひとと添い、子を生む――そういう幸せも、女と生まれたからこそと違うか。天満一兆庵のことや佐兵衛のことで、私はお前はんを縛りとうはない。お前はんの幸せは、私の幸せでもあるんやで」

「ご寮さん、急に何を」

澪の言葉を遮って、芳はさらに言い募《つの》る。

「私のことなら大丈夫、心配せんかて構へん。これまでと変わりのう、つる家で働きながら佐兵衛を待ち、おりょうさん一家と親しいさせてもろて、ここで暮らし続けます。もう、前の私とは違う、この江戸でひとり生きていける才覚も、健やかな身体もおますのや」

両の腕を差し伸べて、芳は澪を抱き締めた。

「澪、幸せになっておくれやす。お前はんが幸せにならんかったら、私は、亡《の》うなったお前はんのふた親に顔向け出来へんのや」

芳の切ない、けれど温かい気持ちが胸に流れ込んで、澪は堪らなくなる。暫くはなすがままになっていたが、そっとその腕を解いた。

「ご寮さん、もうお休みになりはらんと」

そう言って芳を床《とこ》に戻したあと、澪は自分も布団に身を横たえた。目を閉じると、色々な声が耳の奥に木霊《こだま》する。

――あさひ太夫を、お前が身請《みう》けしてやれ
――出来もしない夢を追うくらいなら、いっそ包丁を捨てておしまいなさい。その方がまだ、女として幸せになれますよ
――私の分まで、想いびとと結ばれてほしいのよ
　もう堪忍して。
　澪は懸命に、両の耳を塞《ふさ》いだ。

　玉子を割りほぐし、調味した出汁《だし》と合わせてから布巾《ふきん》で漉《こ》す。こうすることで肌理《きめ》の細かな生地に仕上がるのだ。器には下拵《したごしら》えした海老《えび》と百合根《ゆりね》と銀杏。そこへ先の玉子液を流し込む。

　澪の手もとを覗き込んで、種市が嬉しそうに顔をくしゃっかせた。

「ありがてぇ。やっと、この料理の出番が巡ってきたのか。随分と久しぶりだなぁ、お澪坊」

　ええ、と澪も頬を緩めてみせる。

「お客さんにも長くお待ち頂きました」

　澪の作っているのは、つる家を料理番付に載せた名物料理、とろとろ茶碗蒸しであ

った。料理にはそれぞれに思いが潜《ひそ》むけれども、ことにこの茶碗蒸しには胸に溢れるほどの思い出が宿っている。

つる家で大坂の味を出して、お客から手酷《てひど》く拒《こば》まれたこと。小松原から料理の基本がなっていない、と指摘され苦しみ抜いた日々。大坂の昆布《こんぶ》出汁と江戸の鰹《かつお》出汁を合わせることを思いつき、漸く辿り着いたのがこの料理だった。それゆえに茶碗蒸しを作っていると、沈んだ気持ちが高揚《こうよう》してくるのがわかる。

「お澪坊」

種市は澪に呼びかけたものの、料理人のあまりに幸せそうな姿に、続く台詞《せりふ》を呑み込んだ。小野寺家からの使いが来るまでさほど日が残されているわけではない。だが、店主は何も聞けないまま、先ほどからこちらを窺《うかが》っているりうと芳とに、頭を振ってみせた。やれやれ、と老女は歯の無い口を窄めている。

土間伝いにふきが、気の早いお客がすでに並んでいることを告げにきて、つる家は開店の刻を迎えた。

「待ちかねたぜ、この千両役者」

「よっ、とろとろ屋っ」

昼餉時、この冬初めての茶碗蒸しの登場に、入れ込み座敷のお客から歓迎の声が上がる。

つる家がとろとろ茶碗蒸しを供するようになった、という噂《うわさ》は瞬《またた》く間に広まって、その日は時分時《じぶんどき》を過ぎても暖簾を潜《くぐ》る者が絶えず、七つ前に漸く客足が落ち着いた。

「わざと刻をずらして来たのですが」

料理を待つ間、座敷にゆったりと腰を落ち着けて、坂村堂が店主相手に話している。

「年々、つる家さんの茶碗蒸しの人気は高まる一方ですね。これは澪さんのあとを任される料理人も責任重大だ」

一柳から、料理人を寄越《よこ》すのが霜月半ばになるが、それでも良いか、との問い合わせがあったそうな。

「そいつぁ、ありがてぇ」

種市がほっと息を吐いて、胸を撫でおろす。

「月半ばになるなら、半月ほど店を閉めて、骨休めやら、お澪坊の仕度やら、あれこれ出来まさぁ。引き継ぎも含め諸々《もろもろ》のことは、また改めてその料理人と話しましょう。月が替われば、一遍、うちに顔を出すように頼んでもらってくだせぇまし」

版元と店主の遣り取りは、調理場にも届いて、蒸し上がった器を取り出していた澪の眉を曇らせた。

「茶碗蒸しはまだだすか」

調理場を覗きにきた芳に、りうが曲がった腰に手をやりながら、

「丁度今、出来たところですよ。どれ、ひとつあたしが運びますかねぇ」

と、応えた。

熱々の茶碗蒸しと白飯。箸休めは定番の、大根の葉と雑魚《じゃこ》を甘辛く炒《いた》めたものだ。それらを膳の上に並べると、りうに託して、澪はそのまま勝手口から外へ出た。

日暮れの気配のする井戸端に、じっと蹲《うずくま》る。

自分の与《あずか》り知らぬところで、武家奉公の話を受ける方向で固まっていくのが辛い。それならば早く「否」の返事をすれば良いのに、未練が邪魔をする。想いびとと添えるかも知れない、という未練が。

「野江《のえ》ちゃん」

澪は、そっと懐に手を置いた。生地越しに片貝のこつんと固い感触がある。

天満一兆庵を再建し、あさひ太夫を身請けする、という夢。遥《はる》かなその夢はどうなってしまうのか。

「澪」

名を呼ばれて顔を上げると、芳が傍らに腰を屈《かが》めていた。

芳は慈《いつく》しむ眼差《まなざ》しで娘を見る。

「あさひ太夫が気がかりなんはわかるけんど、お前《ま》はんの幸せを誰よりも強う願《ねご》うてるのは、その太夫と違うやろか。自分がお前はんの枷《かせ》になる、と知ったら太夫は悲しむのと違うか」

澪はじっと芳の目を見つめていたが、調理場へ戻ります、とだけ応えて立ち上がる。ひとから何か言われれば言われるほど、自分の狡《ずる》さが透《す》けてみえるようで、澪はぐっと唇を嚙んだ。

茶碗蒸しが売れに売れた初日、暖簾を終う頃には、主も奉公人も口もきけぬほど疲労困憊《こんぱい》だった。りうは孝介《こうすけ》に負ぶさって帰り、種市は板敷で大の字に伸びている。

「旦那さん、お夜食のお味噌汁、七輪にかけましょうか」

澪が気遣《きづか》って声をかけると、店主は投げ出した足先で、うんうんと頷いてみせた。

「ほな、そろそろ失礼させてもらいまひょ」

身仕度を整えて芳が言った、その時だった。

「うう、寒い寒い」

薄汚れた藍縞木綿《あいじまもめん》の袷《あわせ》に、縒《よ》れた朽葉《くちば》色の帯。常のみすぼらしい形《なり》で小松原が、勝手口から入ってきたのだ。

店主も芳も澪も、それにふきまでも、息を吐くのも忘れて固まってしまった。

小松原は四人を見回して、にやりと笑った。

「まずは熱いのを頼む」

澪が弾《はじ》かれたように、はい、とちろりを手に取った。

「小腹も減っている。何か食わせてくれ」

そう言うと板敷に上がり込んで、胡坐《あぐら》を掻いた。

芳が厳しい表情で男を見た。温和な芳には珍しく、目に険《けん》がある。

芳が口を開く前に、種市が身を翻《ひるがえ》し、小松原へ向き直った。

「小松原の旦那、否、小野寺さまと申し上げるべきですかね」

感情を殺した、低い声だ。

「お前さん、酒だの何だの言う前に、きちんと筋を通して話すべきことがあるんじゃねぇのか」

種市の言葉に、確かにそうだ、と小松原は胡坐を解いて居住まいを正した。

「長い間、謀《たばか》って済まなかった」

「そんなことじゃねぇ」

激しい口調で怒鳴って、種市は怒りに燃える目で男を睨《にら》む。

「お澪坊の気持ちを考えたことがあるのか、ってぇ話だ。本当なら玉の輿で浮かれても可笑《おか》しかねぇのに、お澪坊はずっと沈んだままだ。母親やら妹やら、果ては奉公人までが色々言ってきたところで、肝心要《かなめ》のお前さんはこれまで、知らぬ顔の半兵衛《はんべえ》だ。こいつぁあんまりじゃねぇのか。俺ぁ我慢ならねぇ。ひとの心を弄《もてあそ》ぶのもいい加減にしろってぇんだ」

澪はあっと声を呑み込む。胸にじっと抱え込んでいた不安を、種市に言い当てられてしまったのだ。

小松原は真剣な表情で種市を見、唇を引き結んだ。少しの間、沈思《ちんし》していたが、

「済まないが、ふたりで話をさせてもらえまいか」

と、澪を目で示した。

種市と芳、それにふきが内所《ないしょ》へ引き上げたあと、澪はどう振る舞って良いかわからず、七輪の前に蹲《うずくま》っていた。

「それでは話が出来ぬ。こちらへ」

言われて、おずおずと板敷に上がる。七輪に店主の夜食用の鍋をかけたままなのが気がかりだが、澪は諦《あきら》めて、男の斜め前へ座った。

小松原は正面になるよう身体をずらすと、背筋を伸ばして真《ま》っ直《す》ぐに澪を見た。

「妹早帆から、母がつる家に乗り込んだ、と聞いたのはこの夏のこと。さらにその母から、澪という娘を小野寺家へ嫁として迎えよ、と命じられたのは、半月ほど前のことだった」

命じられて、と小さく澪は繰り返した。娘が些細《ささい》な言葉で傷ついているのを感じ取ったのか、男はほろ苦く笑った。

「腎《じん》の臓を病んだ母の、命がけの懇願だった。それに詳《くわ》しくは申さぬが、文月の初めに同役の者が二名、失態で腹を斬《き》ったことも重なり、ふと、このまま死ぬならば悔いは何か、と柄《がら》にもなく考えた」

小松原は言葉を切ると、澪から視線を外して、鼻をすんすんと鳴らした。

「何やら匂うぞ」

見れば、七輪にかけた鍋が勢いよく沸いている。中身は油揚《あぶ》げと炙った葱《ねぎ》の味噌汁だ。ああ、と澪は慌てて板敷を這《は》い下りた。味噌汁は煮立たせると覿面《てきめん》に味が落ちる。急いで七輪から鍋を外したが、ぐつぐつと煮えたぎって、どうしようもない状態になっていた。鍋を手に両の眉を情けないほど下げている娘を見て、小松原は、くくっ、と笑いだす。最初は何とか堪えようとしたのだが叶わず、眉を下げる娘を前に、わっと笑いを弾けさせた。笑いが過ぎて、皺の寄った目尻に涙まで浮かべている。

「小松原さま、笑い過ぎです」

情けなさそうに澪が苦情を洩らすと、漸《ようや》く、男は指で目尻を拭いながら笑いを収めた。そうして、じっと娘を見る。穏やかな、優しい目をしていた。

「俺の女房殿にならぬか」

一瞬、澪の息が止まった。

鍋を摑んだ手がわなわなと震えて、煮えた味噌汁が激しく波立っている。男は板敷を下りると、娘の手から鍋を取り上げて、調理台の鍋敷きに置いた。それから腰を屈めて娘の顔をひょいと覗き込む。思いがけず真摯《しんし》な、温かい眼差しだった。

「ともに生きるならば、下がり眉が良い」

刹那《せつな》、澪は両手で顔を覆ってその場に蹲る。想いびとからこんな言葉を聞く日がくるとは、思いもしなかった。心《しん》の臓が暴れながら喉《のど》もとまでせり上がってくるようだ。

嘘《うそ》だ、嘘だ、そんなことが我が身に起こるはずがない。

澪は混乱のあまり、土間に突っ伏した。

おい、と男は娘の両の腕を捉《とら》えて、無理にも起こす。

「答えよ、下がり眉。俺の女房殿になるか」

再度問われて、澪の瞳から涙が噴き出した。唇が戦慄《わなな》いて、返事が出来ない。

「お澪坊、さっさと答えるんだよぅ」

音を立てて内所の襖《ふすま》が外れ、種市の裏返った声が響いた。ふたりの様子が気になって気になってならなかったのだろう。芳の制止も振り切って、種市は調理場へと転がり込んだ。そして地面を踏み鳴らしながら叫ぶ。

「なるのかならねぇのか、どっちなんだよぅ。はっきり答えな、お澪坊」

種市の声に背中を押されるようにして、澪は、しゃくりあげながらも何とか頷いてみせた。

「そうか、なるのだな」

男の目尻にぎゅっと皺が寄った。手を伸ばしてその皺に触れたい、と思う気持ちを封じ、澪は、再度、泣きながら答える。

「はい」

今度は、はっきりと声が出た。

娘の返事を聞くなり、種市は曲げた肘《ひじ》で顔を覆った。押し殺した嗚咽《おえつ》が洩れる。外れた襖の陰で、ふきが芳に縋《すが》って泣いている。芳は目を真っ赤にして、幾度も幾度も澪に向かって頷いてみせた。

その夜、種市は小松原と酒を酌《く》み交わしては泣き、酔っては泣いて、果ては酔い潰《つぶ》れて板敷で寝てしまった。

「この形《なり》で、ここへ来るのも今夜が最後だな」

澪に送られて表へ出ると、小松原は薄汚れた袷に目を落として、ほろりと笑った。

澪の差し出す提灯《ちょうちん》を拒んで、男は空を仰ぐ。

蛤《はまぐり》に似た形の月が、中天に浮かんでいた。

「見てみろ、良い月だ」

小松原の少し後ろに立って、澪も夜空を見上げた。片貝を連想させる月が切ない。

「どこぞの旗本の養女になってしまえば難しいが、それまでなら、お前次第で道を変えることは出来る」

小松原は天を仰いだまま静かな声で言い、おもむろに澪を振り返った。

「良いか、決して無理はするな」

九段坂をのぼっていく男を、淡い月が照らしている。男の最後の台詞は、想いが通じて浮き立つ気持ちに楔《くさび》を打ち込んだ。これから始まる厳しい日々を思う。これは最《も》早《はや》、夢ではないのだ。

男の姿がとうに坂の上へ消えてしまったあとも、澪は片貝の月の下、じっと立ち尽くす。柔らかな月の光が、娘の足もとに薄い影を作っていた。

翌朝、つる家の表を行く通行人は、足を止めて店の表格子を見、そこに貼《は》り紙がされていないことに気付くと、揃って首を捻った。もしや風で飛ばされたのか、と九段坂の方から俎橋までぐるりと視線を巡らすも、それらしき物はない。

「今日は『三方よしの日』のはずだよなぁ」

「そうとも」

休みだったら承知しねぇ、と口々に言いながら、男たちはその日の仕事へと散っていく。未練そうにつる家の方を振り返り、振り返りする者も居た。

そんな外の様子を気にしながらも、ふきは、土間伝いにそっと調理場を覗く。

先ほどから店主と又次、それに澪と芳とが板敷で膝を交えていた。

「そういうわけで、今月一杯で一旦《いったん》、店を閉めて、半月後に新しい料理人でまた始めようと思う。又さんさえ良けりゃあ、『三方よしの日』を引き続き頼めねぇだろうか」

店主の話を聞き終えると、又次は両腿《もも》に手を置いて、澪を見た。

「そうかい、澪さん、決めたんだな」

頷く澪に、僅かに目もとを和《やわ》らげると、種市に視線を戻す。

「親父さん、三方よしの件は諦めてくんな。もとは翁屋の楼主が澪さんを見込んで、俺を手伝いに寄越したんだ。澪さんが抜けるとなると、事情が違ってくる」

ここへ来ることを伝右衛門《でんえもん》は許さないだろう、という又次の言葉に、店主も奉公人も困惑して互いを見合った。『三方よしの日』に又次が抜けることなど最早考え難い。

自分が居なくなることで歯車がひとつひとつ狂いだすように感じて、澪は青くなる。

そんな娘を見て、種市は悪い考えを払うように頭《かぶり》を振り、明るい声を出した。

「承知したぜ、又さん。あとのことはまぁ、店主の俺が何とかするから心配ねぇよ」

又次は板敷に手を置いて、頭を下げる。

「親父さん、澪さん、ご寮さん。残る二回、悔いのないように精一杯、務めさせてもらいますぜ」

その姿に、澪もまた、月末まで後悔のないように一層心を込めて料理をしよう、と思った。

話し合いのために手筈《てはず》が遅れたが、種市の手で「三方よしの日」の貼り紙が表格子に貼り出されると、通りを行く者の間から歓声が上がった。その声に、調理場のふたりの料理人は、身を引き締めるのだった。

「ええと、今月は大の月で、三十日は辛巳《しんし》だろ、となるとだなぁ」

このところ、種市は暦《こよみ》と首っ引きで、慣れぬ占いに四苦八苦している。

十五日に多浜重光を通じて、こちらの意向が正式に小野寺家と駒澤《こまざわ》家へ伝えられ、あとは武家奉公に関して先方の指示を待つ日々だった。

店主の姿に、布巾を絞っていたりうは、歯のない口を窄めてみせる。

「これから二年の間、武家奉公をしてからの輿入れだってのに、今日明日にも嫁がせそうな雰囲気ですねぇ」

へえ、と微笑んで頷く芳も、やはり寂しさを隠せない。

実際の輿入れは、何処《どこ》かの旗本の養女としてなのだ。それゆえ、武家奉公に出す時点で嫁にやるように感じてしまう。

「りうさんはお武家のこともようご存じだすし、色々と教えておくれやす」

芳は丁寧《ていねい》にりうに頭を下げた。

りうは、二つ折れの腰を伸ばして、芳にそっと囁く。

「確かに、これから色々と気苦労が絶えないのは目に見えてますよ。でも、好きなひとと添えると決まれば、若い娘なら、もっと浮かれて良いはずなんですがねぇ」

皆の思いをよそに、澪はただ一心に里芋を剝く。煮崩《にくず》れしないよう角を立てて剝き、今日は含め煮にするつもりだ。銚子《ちょうし》の塩秋刀魚《さんま》の良いものを店主が大量に仕入れてくれたので、焼いて大根おろしを添えて、あとは青菜の切り漬けを用意しよう。

ふと、包丁の手が止まる。

武家奉公でも包丁を握らせてもらえるのだろうか。小野寺家へ嫁入りしたとして、家族のために料理をさせてもらえるのだろうか。

今、考えることではないわ。澪は頭を軽く振って雑念を消した。

八つ半を回る頃。

「けしからん。全くもって、けしからん」

案内に出た芳を突き飛ばし、怒鳴りながら入れ込み座敷に上がった人物がいた。

「暫《しばら》くわしが来ぬ間に、何という馬鹿な。何が武家奉公だ。町人が武家のしきたりなぞ身に着けて、何の得がある」

漸く戯作が上がったのだろう、清右衛門は、寝不足の目を血走らせ、衝立《ついたて》を蹴倒《けたお》さんばかりの勢いで、いつもの席へどすんと座る。

「ご寮さん、済みません」

あとから入ってきた坂村堂が芳に手を貸して立たせてから、幾度も頭を下げた。

「清右衛門先生は、ここでの食事を楽しみにされていますから、今のうちに心の用意を、と思い、月末で一旦店がお休みに入ることを前もってお知らせしたのです」

清右衛門にも聞こえるように、よく通る声で言ったあと、調理場から駆けつけた店主に、声を落として続けた。

「理由を聞かれたので仕方なく、澪さんの武家奉公とだけ。輿入れ云々《うんぬん》は伏せられた方が良いでしょう。戯作に書かれかねませんから」

店主と芳はこっくりと頷き、坂村堂のあとについて清右衛門の傍へ控《ひか》えた。

「大体、店主が馬鹿者ゆえ、奉公人も大馬鹿者なのだ。女料理人の分際《ぶんざい》で、何が武家奉公だ」

早速と、戯作者は店主に嚙みつく。

「わしは許さん。ここの料理が食えんなど、断じて我慢ならん」

種市がひゃっと首を竦《すく》めたところへ、りうがお茶を運んで来た。

「まあまあ、清右衛門先生。戯作が上がられたんですね。お疲れさまでした。で、いつ読ませて頂けるんですか」

ちゃっかり種市と清右衛門の間に割り込んで腰を据え、歯のない口を全開にする。

「去年から始まったあの犬の話は、面白いですねえ。続きが楽しみで楽しみで。よくまあ、あんなに奇想天外な物語を思いつかれること」

ひとから褒められることに慣れていない戯作者清右衛門、居心地悪そうに尻をもぞもぞさせている。

「あれはきっと先生の御作の中でも、一番長いものになりますよ。後世に残る名作ですとも」

りうの言葉を遮って、ええい煩《うるさ》い、と戯作者は怒鳴った。

「もう良い、さがって、さっさと料理を持ってこい」

やれやれ、と難を逃《のが》れて調理場へ向かう店主とりうの背中に、料理は料理人に運ばせろ、と戯作者はわめいた。

深さのある黒無地の小鉢には、煮含《にふく》めた里芋。旨煮《うまに》よりも薄味に仕立てて、汁ごと楽しめる。白水で下茹《したゆ》でした色白な里芋に、細かく刻んだ柚子《ゆず》の黄が美しい。湯気にその柚子のふくよかな香気が混じり、さすがの清右衛門も鼻をひくつかせた。

「これはこれは」

待ちきれないように、坂村堂が箸を取った。汁を吸い、はふはふと熱い里芋を口にする。丸い目が、見る間にきゅーっと細くなった。

「この味わいは、堪りません。滋味滋養が身体中に行き渡るようです。ねぇ、清右衛門先生」

ふん、と戯作者は鼻を鳴らす。

塩秋刀魚は嫌いだ、と罵《のの》り、漬物が口に合わない、と不平を言い、けれども何ひとつ残さずに食べ尽くして、清右衛門は箸を置いた。

湯飲みを手に、傍らの澪をじろりと睨む。

「何故、武家奉公などに出る」

「清右衛門先生、それはあっしから話を」

割り込もうとする店主を、戯作者は眼光だけで封じた。少し離れた位置から、芳がはらはらと様子を見守っている。澪は膝に両手を置いて、静かに答えた。

「お話を頂いたからです。武家の料理を学ぶ良い機会、と思ってお受けしました」

「見え透《す》いた嘘を」

鼻で笑って、清右衛門はお茶を啜る。

「大体、町娘の武家奉公など、大店《おおだな》の跡取り娘の箔付《はくづ》けか、はたまた、のちにどこぞの養女になって士分を得、嫁ぐための踏み台……」

ふいに湯飲みを口から離して、清右衛門は考え込んだ。じっと澪を見たあと、視線を、坂村堂から種市、芳へと移す。射抜くようなその眼差しを、受け止める者、そっと逸らす者。一巡して視線を澪に戻すと、清右衛門は珍しいものでも見るように、じっと下がり眉の娘を眺めた。

「なるほどな、そうしたわけか」

低い声で呟くと、戯作者はさっと席を立ち、物も言わずに出ていってしまった。澪は咄嗟《とっさ》に、あとを追った。戯作者の足は速く、俎橋の手前で左に折れるのが見えた。必死で駆けて、その名を呼ぶ。

「清右衛門先生」

振り向いた清右衛門の表情は、冷徹な憎悪に満ちている。

「お前には心底、失望した」

その声音《こわね》に滲む哀《かな》しみが、澪の足を竦ませる。激昂《げきこう》でも皮肉でもない、やり場のない哀しみ。立ち竦む娘に一瞥《いちべつ》をくれると、清右衛門は足早に去った。

「気にしないことです」

いつの間にか、坂村堂が傍らに立って、遠ざかる清右衛門の後ろ姿を見送っていた。

「先生自身、刀を捨てて町人となった過去がおありなのです。その逆の生き方を選ぼうとする者に対して、複雑な思いがあるのでしょう」

否、そうではない。

清右衛門は、あさひ太夫の身請けを諦めた澪に失望したのだ。清右衛門の無言の非難を受け止めて、澪はじっとその背中から目を逸らさなかった。

神無月十九日は、朝から生憎《あいにく》の雨になった。いつ止《や》むかと気にしながら、澪は青物や魚の下拵えにかかっていた。

「ご寮さんに、悪いことしちまったなあ」

雨になるたぁ思わなかった、と店主は勝手口から外を覗いている。昨日からまた腰が痛みだして、芳につる家へ来る途中、旅籠町に立ち寄って、源斉から薬をもらうよう頼んでいたのだ。

澪は鰯《いわし》を捌《さば》く手を止めて、店主を慰める。

「丁度、源斉先生にもお話ししておきたいから、とご寮さんも仰《おっしゃ》ってましたから」

種市は、ああ、としたり顔で両の手を打った。

「そうだよな、お澪坊の門出《かどで》だ、ちゃんと源斉先生にも話しておいた方が良い。小松原さま、否、小野寺さまと源斉先生はつる家で顔を合わせてるし、まんざら知らねぇ仲でもないからな」

ええ、と澪は頷いてみせた。

小野寺家の用人からは、店の中だけに留めよ、と釘を刺されたけれども、源斉と伊《い》佐三《さぞう》おりょう夫婦だけには伝えておこう、とふたりして決めたのだ。

「そりゃあそうさ。源斉先生と伊佐さん夫婦はつる家の身内みてぇなもんだ。店の中で留める、てぇ約束を反故《ほご》にしちゃいめぇよ。俺なんざ、坂村堂の旦那を巻き込んじまったし」

店主にそう言ってもらえて、澪はそっと胸を撫で下ろした。

お客には、来月早々店が休みに入ることは知らせていない。店を畳むわけではないし、大袈裟に触れ回る必要はない、との店主の判断だ。だからこそ、一日、一日、料理で感謝の気持ちと別れとを伝えたい、と願う。

今日の献立は、鰯の摘み入れ汁にした。鰯を細かく叩いて赤味噌と生姜《しょうが》、醤油《しょうゆ》と酒で味を入れ、熱い汁の中へ摘み入れていくのだ。美味《おい》しく食べてもらおう、と澪は丁寧に鰯を叩く。

雨気が一層の寒さを呼んで、その日、つる家の暖簾を潜る者たちは、一様にがたがたと身を震わせていた。

湯で充分に温められた器に、熱い汁。

どのお客も両手で器を持つと、ほかほかと立ち上る湯気に鼻を寄せて匂いを嗅《か》ぐ。

味噌の良い香りに、うっとりしながら箸を取る。鰯の団子は口へ入れるとほろほろ解《ほぐ》れる。幾度か嚙めば、鰯の旨味に味噌と生姜の余韻を残しながら喉の奥へと消えてしまう。暖簾を潜る時に冷えて青かった顔が、帰る頃には温まって満ち足りている。間仕切り越しにその様子を見て、澪は幸せを嚙み締めた。

雨のためにりうがひと足先に帰り、そろそろ暖簾を終おうか、という頃。

思いがけない人物が、客として訪れた。

「済みません、こんなに遅くに」

申し訳なさそうに座敷に現れたお客を見て、種市と芳とが揃って声を上げる。

「源斉先生」

店主は駆け寄って、医師の手から薬箱を奪い、

「こんなとこじゃあ、ゆっくり話も出来ねぇよ」

と、源斉の腕を引っ張って、調理場の板敷に案内した。

「ふき坊、さっさと暖簾を終ってくんな。お澪坊、愚図愚図《ぐずぐず》してねぇで先生に熱いのを……酒じゃねぇよ、摘み入れ汁を頼むぜ」

ちゃっかり自分でちろりに酒を入れ、燗《かん》の用意をすると、源斉の前に座り込んだ。種市にすれば、この度《たび》の祝い事について話せるのが、嬉しくてならないのだ。

「今日、ご寮さんから伺いました。澪さん、おめでとうございます」

源斉は穏やかに言って、軽く一礼する。澪は慌てて前掛けを外し、板敷に正座して、ありがとうございます、と丁寧にお辞儀を返した。

「しきたりの違いなど、色々と難しいこともあるでしょうが、澪さんならきっと大丈夫です」

眩《まぶ》しそうに澪を見ると、源斉は、それでは、と立ち上がった。

えっ、と店主と澪とが腰を浮かせる。

「源斉先生、飯を食ってってくだせぇよ」

「今すぐ、熱いのを装いますから」

ふたりして必死で引き留めたのだが、源斉は往診を理由に、気忙《きぜわ》しそうに帰ってしまった。

雨の中、薬箱を胸に抱いて若い医師は俎橋を渡る。

遅れて見送りに出た澪は、源斉が傘を忘れていることに気付いて、慌てて追い駆けた。橋の中ほどで追い付くと、澪は傘を開いた。銀糸の雨に濡《ぬ》れながら、澪は傘を差し出し、源斉は手を伸ばして受け取った。提灯の淡い灯が、橋上の情景を密《ひそ》やかに映しだしていた。

店の前でその様子を見ていた種市は、もしやと思っちゃいたんだが、と頭を振る。

「雨なのに、傘を忘れて帰るなんざ……。気付かねぇってのも、酷《むご》いもんだな」

そう言って、切なげに吐息を洩らした。


翌二十日、つる家が夕餉の献立の仕度に取りかかる前、皆が僅かにひと息つける時に、勝手口の外から「ごめんくださいませ」と声がかかった。

「まあまあ、早帆さまじゃありませんか」

何ですねぇ、こんなとこから、と引き戸を開けたりうが、朗《ほが》らかな声を上げる。

「こちらからお邪魔するのが楽しくて。兄妹、似ているのやも知れませぬ」

目尻に皺を寄せて笑うと、早帆は、一同を順に見た。

「これまで伏せていて、申し訳ありませぬ。もう謀らずとも良い、と思うと心底ほっといたします」

「あっしらの方こそ、この度は早帆さまに随分とお骨折り頂いて……ありがてぇことです」

種市は洟を啜り、腰を折って早帆に深く頭を下げる。奉公人一同もこれに倣《なら》った。

「お澪坊、こんなとこじゃなんだから、早帆さまには二階の座敷へ上がってもらいな」

　はい、と澪は店主に頷き、先に立って早帆を案内する。

　二階の東端「山椒《さんしょう》の間」は、昨年、里津が使った部屋でもあった。早帆は中へ招き入れられると、お茶も火鉢も辞退して、畳に正座した。

「澪さん、この度はよう心を決めてくださいました。礼を申します」

　澪も慌てて畳に両の手を付き、一礼した。

「早帆さま、覚華院さまのお加減は如何《いかが》でしょうか」

　問われて早帆は、思わしくありませぬ、とそっと目を伏せる。

「徐々に心の臓までが侵《おか》されている様子。ただ、兄上の縁組の目処《めど》が立ったことが心の支えになっているのですよ」

　言いながら、懐から書付を取り出した。

「武家奉公はひとを立てて遣り取りをするのが筋なのですが、形式的なことは省いて良い、と殿さまにもお許しを頂きました。武家に入って戸惑わぬように、と日常の心得や季節ごとのしきたりなど、思いつくまま記してあります」

　書付を、すっと差し出して、

「なるべく身ひとつで、おいでなさい。要《い》りようなものは当家で用意しますからね」

と、優しく告げた。芳や種市に無用な負担をかけずに済む、と澪は小さく息を吐く。

「とはいえ、娘のことゆえ、色々と持ち込みたいものもあるやも知れず……。必要とあらば、小者《こもの》に荷を取りに来させましょう」

早帆の申し出に、澪は、いえ、と首を横に振る。

「早帆さま、お箸を一膳だけ、持っていくのをお許しください」

お箸、と早帆は首を傾げた。

はい、と澪は頷く。

「十三年前に亡くなった父の形見の品です」

塗師《ぬし》だった伊助《いすけ》の手による塗り箸。孤児となり芳に救われた時に、天満一兆庵で主嘉兵衛から託された箸。それだけが、澪の持つ宝だった。天満一兆庵が焼けた時も、それのみを持って逃げ、江戸に出てくる時も一緒だった。

さようですか、と早帆は応え、暫く考えたあと、迷いながら口を開いた。

「塗り箸はどのように良いものでも、格としては低いのです。金蒔絵《まきえ》を施した塗り箸よりも、小枝を落として削ったものの方が格は上。小野寺も駒澤も食にまつわる役職ゆえ、そうしたことには厳しいのです。お父上の形見の品なら止《や》むを得ませんが、家の者に知られぬようになさいませ」

早帆の最後の台詞に、全身の血がすっと失せ、背中に氷をあてられたように感じた。九段坂を早帆を載せた駕籠《かご》が帰っていく。それを見送りながら、澪は震えていた。風もないのに、それに昨日に比すれば温かいのに、身体の芯《しん》から凍《こご》えるようだった。

澪、澪、と幾度も名を呼ばれ、肩を揺さぶられて、澪は漸く我に返る。暗い行灯《あんどん》の明かりの中、芳が心配そうな顔をしていた。

「どないしたんだす、そないなもん出して」

澪の手には、袱紗《ふくさ》に包んだ塗り箸が握り締められていた。常は、嘉兵衛の位牌《いはい》の置かれている行李《こうり》の隅に、大切に仕舞われているものだ。幼い頃に撫でさすり過ぎて漆《うるし》が剝げたこともあり、以後、袱紗に包んだまま触れずにいた。

何でもおまへん、とくに訛りで答えると、澪は箸を袱紗に包み直し、行李に仕舞って行灯の火を消した。

夜着に潜り込んで、目を閉じる。

天満一兆庵でも、お客に出す常の箸は「柳箸」と呼ばれる柳を削った白木の箸を用いた。白木の箸は、使い回しの使用に耐えず、一度限りのもの。それゆえに塗り箸よりも格上とされる。けれども、口に触れる温かさや、料理の味を損なわない質感は、塗り箸にしかないもの。食べ易《やす》さ、それに料理の味を引き立てるように、と伊助は自身の塗り箸に工夫を重ね、嘉兵衛はこれを見抜いた。料理によっては、格に拘《こだわ》らずに塗り箸を出す料理屋、として、天満一兆庵は大坂の通人たちに愛されたのだ。

嘉兵衛の思い、何より父の思いを「格が低い」と斬り捨てられたようで、澪は何とも寂しくてならなかった。

「澪、早帆さまになんぞ言われたんだすか」

暗い中で、芳の気遣う声がした。

いいえ、と答えながら、澪は思う。武家奉公に入れば、格の違いを突き付けられることも多いに違いない。ましてや小野寺家へ嫁ぐとなるとなおさらだろう。いちいち寂しがっていては駄目だ。

ふう、と息を吐くと澪は目を閉じた。

――ともに生きるならば、下がり眉が良い

想いびとの声を、幾度も幾度も繰り返し思い出しながら、澪は眠りに落ちた。

「すごい量の鰯だな」

魚屋ごと買い取ったのか、と又次が感嘆の声を上げた。

調理台には鰯がぎっしり入った桶《おけ》が積み上げられている。

「この間のお澪坊の摘み入れ汁が好評でよぅ。ついつい買い込んじまった」

店主が言って、頭を掻いている。

「何せ、お澪坊と又さんの居る『三方よしの日』は今日で終いだからよぅ」

店主の言葉に、忙しく働いていた奉公人たちの手が、ほんの一瞬だけ止まった。又次はそれには気付かぬ振りで桶を重ねて持った。

「好みもあるが、この時期の鰯は脂が載って旨《うめ》ぇ。傷《いた》まないうちに、急いで捌いちまおう。指で簡単に捌けるから、皆も助《すけ》てくんな」

はい、とふきが元気よく跳ねて又次の傍へ駆け寄る。りうに芳、それに種市を交えて皆で賑やかに鰯を捌いていく。

「あたしゃ鰯の蒲焼《かばや》きが好きですよ」

「あっさり梅干しと炊いても美味《おい》しおます」

鰯談義を始める横で、店主は涎《よだれ》を拭っている。

「お、ふきは筋が良いな」

又次に褒められて、ふきも嬉しそうだ。

澪は、捌かれた身を調理しながら、皆の様子に頬を緩めた。

出来ることなら、ふきにもっと料理を教えておきたかったが、それも叶わない。心に宿る寂しさを振り払い、澪は手を動かし続けた。

その日、店主の考えで、お客にはそれがふたりの料理人による最後の「三方よしの日」とは知らされないままだった。七つ（午後四時）を過ぎると店は一階二階とも、旨い肴《さかな》と酒とを求めるお客で溢《あふ》れる。

鰯の摘み入れ汁に、梅煮、蒲焼きなど鰯尽くしの肴に、お客たちが唸《うな》る。脂の載った鰯は食べる者の身も心も充分に満たし、誰もが寿命が延びた顔で帰っていく。どのお客も今夜が最後とは知らず、従って改まった労《ねぎら》いの言葉も別れの挨拶もない。最後のお客を澪と又次のふたりだけで送り出したあと、お客の提灯の灯が俎橋の向こうへ消えてしまっても、名残惜しくてその場を動けなかった。

「終わっちまったな」

又次が言い、

「ええ」

澪が応える。

寂しさを押し殺して、中へ入ろうとする澪を、又次が呼び止めた。澪の腕を取ると、又次は懐から出したものをその手に握らせる。掌を開いて、澪は絶句した。

「こ……これは」

櫛《くし》型の月影のもと、澪の掌には蛤《はまぐり》の片貝が載せられていた。慌てて懐を手繰《たぐ》る。巾《きん》着《ちゃく》を引っ張り出すと、片貝はちゃんと中に納まっている。ならば、この片貝は……。

「太夫から、あんたに返すよう頼まれた」

澪は泣きだしそうになって、貝と又次とを交互に見た。又次は澪から顔を背《そむ》ける。

「御旗本の奥方さまになろうってひとが、吉原の遊女と関わりがあると知れれば、迷惑がかかる。太夫はそう考えておいでなのさ」

「そんな……それでは二度と野江ちゃんには……」

悲愴《ひそう》な面持《おもも》ちの澪に視線を戻すと、又次は唇を歪めた。

「太夫のことは心配ねぇ。何があろうと俺が守る。あんたはもう忘れるんだ」

忘れちまいな、太夫のことも翁屋のことも、これまであった何もかも全部、と低い声で又次は結んだ。

浅い眠りの中で、夢を見ていた。

昔のままの大川、そこにかかる天神橋。

こぼれ梅を分けあいながら、幼い澪と野江が勾配《こうばい》のきつい橋を渡る。中ほどで、揃って天を見上げる。じっと見つめていると吸い込まれそうな真っ青な空だ。あんまり美しくて、怖くなった澪が、そっと野江の手を探す。

怖いんか、澪ちゃん。

野江は笑って、ぎゅっと手を繋《つな》いでくれる。

——いつの日かまた、あの橋の真ん中にふたり並んで、真っ青な天を仰ぐ日が来る
天から野江の声が降り注《そそ》いで、澪は、はっと夢から覚めた。目覚めて初めて、瞼《まぶた》の濡れているのに気付いた。


昼餉時の賑いが去ったつる家の調理場で、ひぃ、ふぅ、みぃ、と種市が先ほどから指を折っている。

「残り六日か。刻が経《た》つのは早《はえ》ぇなぁ」

まったくですねぇ、と遅い賄いを食べながら、りうが相槌《あいづち》を打つ。

「そう言えば、澪さん、最後の日の献立はもう決めてあるんですか?」

大根に隠し包丁を入れていた澪は、りうからそう問われて、いえ、まだです、と答えた。色々と悩んでいるのだが、まだ「これ」と思うものがない。

「まあ盛大に悩むことですよ。これっきり料理屋の調理場で腕を振るう、てこともな

くなってしまうわけですからねぇ」

りうの当たり前の言葉が、澪の胸には重かった。澪の傍らで、汚れた器を洗っていた芳が、先ほどから首を捻っている。

「賄いの器の数が足らへんのだすが、澪、お前《ま》はん、お昼は食べたんか？」

「味見ばかりで、お腹《なか》が空《す》いてないんです」

澪が言うと、芳は眉を顰《ひそ》めた。芳の懸念《けねん》に気付くこともなく、種市は、

「小松原さまへの想いで胸が一杯なんだよな」

と、からかってみせた。


箱膳の上には炊き立てのご飯と、熱い味噌汁、それに煮豆が載っている。

芳は先刻から澪の箸の動きを気にしていた。箸はほんの数回、朝餉の膳の間を行き来しただけだ。

「昨日からまともに食べてへんやないか。料理人は力仕事だすのやで。ちゃんと食べへん者に、ええ仕事は出来へん」

咎められて仕方なく、澪は箸を置くのを留まった。炊き立てのご飯も熱い味噌汁も、砂を嚙むようだ。何とか無理に箸で口に押し込む。

小松原さまに逢《あ》いたい。

逢って、この胸に芽生《めば》え始めた不安や寂寥《せきりょう》を取り除いてほしい。

何を甘い弱音を、と思いながらも、そんなことを考えてしまう自分が情けなかった。

後片付けを芳に任せ、ひと足先につる家へ向かう。昌平《しょうへい》橋を渡り、神保小路《じんぼうこうじ》、そして俎橋へ。あと幾度、この道を歩くことが出来るのだろう。吐く息を白く凍らせながら、惜しむように澪は歩く。飯田川からうっすらと霧が立ちのぼり、橋上から見る情景を一層哀愁に満ちたものに変えていた。俎橋の中ほどで立ち止まって、つる家へと目を向ける。

三年前、神田御台所町《おだいどころまち》のつる家に勤め始めた頃には、思い描くことも出来なかった今がある。大きな転機となったのは茶碗蒸しが料理番付に載ったことだ。だとすれば、最後の献立は茶碗蒸しにすべきではないだろうか。しかしそれでは工夫がないようにも思われて、澪は小さく吐息をついた。

風のない、静かな夜だ。月の出は遅く、夜天に月影はない。水音に気を遣いながら、澪は井戸端で水を汲んでいた。

すでに暖簾は終われ、今、芳が相手をしている最後のお客が帰れば今日の商《あきな》いは終わる。

「お澪坊は結局、今日も賄いにほとんど手ぇつけなかったなあ」

店の表から聞こえる声に、澪は耳を欹《そばだ》てる。

お客を見送り終えた店主とりうが、そのまま立ち話をしている様子だった。

「倒れちまわねぇか、俺ぁ心配でならねぇ」

「五日ぐらい食べずにいても、目が回るくらいで死にゃしませんって」

ふきちゃんの時とは違いますよ、とりうは大らかに応える。

「ただねぇ、これからが辛いかも知れません。武家の奥方に求められるのは料理の腕なんかじゃありませんからね。姑《しゅうとめ》にあたるひとは台所にも入らなかった、と聞きましたし。早帆さまのように、ごくたまに家族のために包丁を持つくらいが関の山ですよ。もしかすると、それすら許されないかも知れませんがね」

澪は息苦しくなって、胸を押さえた。それでも動悸《どうき》は収まらず、水桶を放すと、路地を奥へと駆けた。入り組んだ路地を抜け、飯田川沿いに出る。昼間なら荷揚げで賑わう俎河岸にも、さすがに人影はなかった。積み上げられたままの材木に腰をかける。

見上げれば、天頂には細かな星屑《ほしくず》を敷き詰めた天の川、北の低い位置には柄杓《ひしゃく》の形に星が浮かぶ。星の瞬《またた》きをじっと見つめているとその中に取り込まれそうで、澪はぎゅっと材木の角を握った。

想いびとと添えるだろう喜び。

野江とは二度と逢えぬだろう悲しみ。

種市や芳の思い。清右衛門の失望。塗り箸は格が低い、という早帆の悪意なき指摘。考えれば考えるほど、心が四方八方から引き千切《ちぎ》られて、散り散りになりそうだった。

自身の胸の奥を覗き込めば、想いびとから「女房殿にならぬか」と言われた時の、湧き上がるような幸せは、何処かへ消えてしまっていた。

土を踏む音が聞こえて、澪は背後を振り返った。人通りなどないと思っていたが、提灯が揺れながらこちらへ向かってくる。下からの明かりが提灯を持つひとの顔を照らし、それを認めた途端、澪は立ち上がった。

「源斉先生」

闇の中から名を呼ばれて驚いたのだろう、源斉ははっと足を止めた。そして澪を認めると、慌てて駆け寄った。

「どうされたのです、こんなところで」

「少し、考えごとを……」

言葉に詰まって、澪は項垂《うなだ》れる。胸のうちを源斉に打ち明けることは憚《はばか》られた。

源斉は忍耐強く澪の言葉を待ったが、娘の意を汲んで、つる家まで送りましょう、と提案した。だが、先に立って歩いても、娘がついてくる気配はない。源斉は黙って澪の傍に引き返した。問いかけも慰めもないことが、澪には何よりもありがたかった。

沈黙を埋めるように、ふたりして天に瞬く星を眺める。

源斉先生、と澪は口を開いた。

「道が枝分かれして、迷いに迷った時、源斉先生なら、どうされますか」

源斉は澪の横顔に視線を移し、少し考えて、答えた。

「私なら、心星《しんぼし》を探します」

「心星？」

問いを重ねる澪に、そう、心星です、と源斉は深く頷いてみせる。

「あそこに輝く、あれが心星ですよ」

源斉の指が、天の川から北へずれ、淡い黄色の光を放つ星を示した。

「より明るく輝く星は、ほかに幾つもあるけれども、あの星こそが天の中心なのです。全ての星はあの心星を軸に廻《まわ》っているのですよ」

天に中心があるなど、考えたこともなかった。澪は声もなく心星を見上げる。

「悩み、迷い、思考が堂々巡りしている時でも、きっと自身の中には揺るぎないものが潜んでいるはずです。これだけは譲れない、というものが。それこそが、そのひとの生きる標《しるべ》となる心星でしょう」

源斉の静かな声は、乾いた砂が水を吸うように澪の心に沁《し》みていった。澪は瞳を閉じる。閉じてなお、心星は瞼の裏で輝き続けた。

探そう、揺るぎのない心星を。

澪はそっと、胸のうちに誓った。


明日が神無月最後、という夜。暖簾を終ったあとで、種市が改まった口調で問うた。

「泣いても笑っても、明日一日きりだ。お澪坊、最後の献立は何にするつもりだ。俺ぁ何だってするぜ。何を仕入れりゃ良い？」

澪は返事の前に、懐から紙を取り出した。

「旦那さん、ここにあるものをお願いできますか？」

どれ、と種市は紙を受け取り、書き付けられたものをしげしげと見た。

「玉子に銀杏、海老に百合根に柚子、うどん粉に蒲鉾《かまぼこ》。……これだけかい？」

店主は首を捻って、料理人を見た。

「前の五つは茶碗蒸しの材料と同じだろ？　後の二つはうどん、だろうか」

店主の言葉に、傍らで様子を見守っていた芳が、ああ、とぱんと手を打った。

「懐かしい、苧環蒸《おだまき》しだすな、澪」

澪は微笑んで芳を見、へぇ、と大坂訛りで応えた。

調理場の隅に控えていたふきが、おだまきむし、と繰り返して首を傾げている。

「苧環蒸し、言うんは」

「ちょ、ちょっと待った、ご寮さん」

言葉途中の芳に、種市は両の掌で押し留《とど》める仕草をしてみせた。

「その先は、あとのお楽しみってことにさせてくれねぇか」

芳は澪と視線を交わし、にこやかに頷いた。


「澪さんの最後の献立を、こんな風に皆で手伝えるのは嬉しいですがねぇ」

りうと芳とふき、三人が手を取り合って、莚《むしろ》を踏みながら、ぐるぐると回っている。莚には水でこねたうどん粉の生地が挟んであって、三人の体重を均等にかけて捏《こ》ねるのが目的だった。

「おりょうさんから、生麩とかいうもので大変な思いをした、と聞いてますよ。よもや澪さん、またその生麩を作るってんじゃないでしょうね」

りうに尋ねられて、澪は、違います、と両の眉を下げた。生麩の一件では、お客や店、それに坂村堂や柳吾にも、散々な思いをさせてしまった。

「お澪坊、ほんとにこれで良いのかよぅ」

書き上げたばかりの貼り紙を手に、店主は未《いま》だに戸惑いを隠せない。そこには「本日、おだまきのみ　値二十文」との文字が濡れ濡れと光っていた。

「最後の日だってぇのに飯も炊かない、ってのは俺ぁ釈然としねぇ」

口を尖《とが》らす店主に、澪は柔らかく微笑んだ。

暖簾を出す刻限が近づき、貼り紙が表格子に貼られると、前を通るひとたちが、何だ何だと足を止める。中には下足番を摑まえて問い詰める者も居て、その度にふきは懸命に、あとのお楽しみです、と答えた。

常よりも深い、大ぶりの素朴な灰釉《かいゆう》鉢。柔らかめに茹で上げたうどんは、くるりと巻き取って、器の底へ収める。

「なるほど、おだまき、ってなぁ、要はうどんの入った茶碗蒸しってぇことか」

感心する店主に、芳は、

「へえ。底のおうどんが麻糸を巻いた苧環に見えるんで、そない呼ぶんだす。字ぃが難しいんで、『小田巻き』を当てる店もおました」

と、空で文字を書いて見せながら、種明かしをした。

何時頃《いつごろ》からか、柔らかめに茹でたうどんと茶碗蒸しとを合わせた苧環蒸しという料理が、大坂のうどん屋の献立に載るようになった。商家でも晴れの日の食として供され、好まれた。茶碗蒸しにうどんが入ることで腹持ちも良く、また、食欲がない時でも不思議と喉を通って精もつく逸品だった。苧環蒸し、とは書かずにおく方が調理法もわからず面白いのでは、と澪は「おだまき」の名を用いたのだ。

なるほどなぁ、と種市は洟を啜り始める。

「茶碗蒸しでこのつる家を料理番付に載せてくれたお澪坊が、最後に腕を振るうのが苧環か。俺ぁ、ありがたくて涙が出ちまうぜ」

店主の言葉に奉公人一同がしんみりしかかったところで、表から
「やい、つる家、さっさと暖簾を出しやがれ」

と、短気な江戸っ子たちの声が響いてきた。

前に置かれた膳を見て、入れ込み座敷のお客たちは揃って首を傾げ、疑うように周囲の膳を互いに覗き合う。

「表には『おだまき』と書いてあったが、俺には茶碗蒸しに見えるぜ」

中には、すんすんと匂いを嗅いで、

「違《ちげ》ぇねぇ。こいつぁ茶碗蒸しだ。騙《だま》しやがったな、親父」

と、怒り出す者まで現れた。

器の中を匙で探っていたお客が、おっ、と声を洩らす。

「底に、何かが隠れてやがるぜ」

どれ、と他のお客らも一斉に匙で底を探る。

柔らかな玉子の生地、海老の赤、百合根の白、銀杏の翡翠色、それらをそっと掻き分けると一番底に、巻いたうどんが隠れている。

父親に連れてこられたのだろう、六つ七つの幼い子供が、黄色い声を張った。

「ほんとだ、当たりが隠れてらぁ」

そのひと言で入れ込み座敷がどっと揺れる。

出汁《だし》の効いたとろとろの生地に、柔らかいうどんの喉越しが何とも旨い。どのお客も、うどんに辿り着くと匙を箸に持ち替えて、満足そうに食べ進めていく。間仕切りから心配そうにこちらを覗いている料理人に気付いて、りうが歯の無い口を全開にして笑ってみせた。

その日は、表の貼り紙が功を奏したのか、常客ばかりか初めての者までが暖簾を潜る。日が暮れて、吐く息が凍る頃になると、お客の数はますます増えていった。

「今までかかって清右衛門先生を口説《くど》いたのですが、お連れすることが出来ませんでした。依怙地《いこじ》になっておられるのです」

坂村堂の詫びる声が調理場に届いたが、澪は調理に追われて挨拶に出ることも出来ない。蒸して蒸して、ひたすら蒸して、用意した材料を全て使いきってしまった。ふきは慌てて暖簾を終い、入ろうとするお客に品切れを伝えねばならなかった。

「あたしゃもう、くたばっちまいますよ」

りうがよろよろになって調理場へ戻ったので、澪は交代して、蒸し上がった料理を膳に載せて、座敷へ運んだ。

凍《い》てる中を歩いてきたのだろう、洟を啜り上げながら器を両の手で持って暖をとる者。玉子の生地を匙に掬《すく》って、惜しむように口に運ぶ者。最後に残しておいたうどんを豪快に掻き込む者。空いた膳を下げながら、澪はお客の様子を胸に刻んだ。

中に、右足を投げ出して食べている老人が居た。神田御台所町に店があった頃からの常客で、登龍楼との競い合いの際に昆布を差し入れてくれたご隠居だった。

「ご隠居さま」

澪が声をかけると、老人は自分の足を示して、行儀が悪くて済まないね、と詫びた。

「冷えると余計に具合が悪くてね。けれどその悪い足をおして来た甲斐があった。お前さんの料理は食べる者を元気にしてくれる。喜びの少ない年寄りに、生きていてよかった、と思わせてくれるからね」

「喜びが少ないのは、年寄りだけじゃねぇぜ」

少し離れた席、継ぎだらけの袷《あわせ》姿の、二十歳前と思《おぼ》しき若者が声を上げた。

「親の代からの貧乏で、底の抜けた桶で水汲むみてぇな暮らしぶりよ。若いってだけで何の望みも無《ね》ぇ」

けど、と男は湯気の立つ苧環の器を、両の掌で包み込む。

「ふた月に一遍かそこら、懐を気にしながらもここで旨い料理を口にすると、それだけで俺ぁ息がつけるんだ。まだ大丈夫だ、生きていける、ってな。大袈裟でも何でもない、本当にそう思うのさ」

澪はふいに胸が一杯になり、一礼すると膳を抱えて調理場へ駆け戻った。そして膳を流しに置くと、そのまま勝手口から外へと飛び出した。澪さん、とりうの声が追い駆けてきたが、足を止めなかった。

自分でもわからないのだが、涙があとからあとから溢れて止まらない。俎橋の中ほどまで駆け通して、欄干に手を置き、荒い息のまま天を仰いだ。

源斉に教わった心星が、北の空に輝いている。

他にも明るい大きな星は幾つもあるのに、その仄《ほの》かな黄色の瞬きが澪に語りかけてくる。ここだ、お前が目指すべき道はここにある、と。

刹那、決して譲れない、辿りたい道が目の前にはっきりと見えた。

温かい湯気が立ちのぼったその奥に、旨そうに料理を口にするお客たちの顔が浮かぶ。満たされたように帰っていく背中が映る。出来上がった料理の味をみる、澪自身の姿が見える。

病床の里津を失望させ、早帆の好意を踏みにじり、何よりも小松原との人生を諦めてまでも……。澪は天空に浮かぶ心星を見つめたまま動かなかった。

巻末付録　澪の料理帖

一柳《いちりゅう》の生麩田楽《でんがく》

材料（4人分）
小麦粉
（強力粉）……250g
水……180cc
塩……7g
もち粉……50g（目安）
ぬるま湯……適宜

田楽味噌用
白味噌……大さじ7
砂糖……大さじ1
味醂……大さじ2
酒……大さじ3
青柚子……1個

下ごしらえ
＊ボウルに強力粉と塩を入れ、よく混ぜておきます。

作りかた
1 下拵《したごしら》えを済ませた強力粉に、分量の水を少しずつ加えながら、40分ほど力強く捏《こ》ねます。
2 ボウルに濡《ぬ》れ布巾をかけて、40分ほど生地を寝かせます。
3 寝かせた生地を水（分量外）で洗います。ボウルに水を張り、手で揉《も》んででんぷん質を洗い落とします。水が白濁すれば替え、根気よく、幾度も幾度も水が透明になるまで洗い流してください。目安は20分。こうして生地からでんぷん質を洗い落としたものがグルテンです。
4 グルテンを計量します。この手順で90g〜100

gのグルテンが取れると思います。もち粉はグルテンの半量ほどを用意します。

5 俎板《まないた》に分量の三分の一ほどのもち粉を敷き、そこにグルテンを広げます。包丁でグルテンを刻みながら、もち粉を混ぜ込んでいきます。加減をみて残りのもち粉を加えて細かく混ぜ込みます。

6 万遍《まんべん》なく混ざったら、霧吹きにぬるま湯を入れ、それを吹きかけながら生地がなめらかになるまで捏ね上げます。

7 生地を餅《もち》状にまとめたら、二等分から三等分にし、棒状に伸ばします。これを蒸気の上がった蒸し器に入れ、20分ほど蒸しましょう。

8 ボウルにたっぷりの冷水を用意して、7の蒸し上がった生麩を入れて充分に冷まします。

9 冷めるのを待つ間に田楽味噌《でんがくみそ》を作ります。小さな鍋《なべ》に白味噌、砂糖、味醂《みりん》、酒を入れてよく混ぜ、弱火にかけて焦《こ》げないように気を付けながら練り上げます。

10 冷めた生麩を食べ易《やす》い大きさに包丁で切り、それぞれに串を打ちます。

11 10の生麩に9の田楽味噌を塗り、軽く炙《あぶ》ります。

12 卸《おろ》した青柚子《ゆず》を散らして完成です。

ひとこと

しくじり生麩ではなく、一柳《いちりゅう》のレシピの方をご賞味ください。生麩作りは非常に体力を要します。ことに5のグルテンにもち粉を練り込んでいく作業は困難を極めます。江戸時代にはないけれど、フード・プロセッサーの使用を推奨します。出来上がった生麩は、時間が経《た》つにつれて味が落ちます。なるべく早く、美味《おい》しいうちに食べきってくださいね。

賄《まかな》い三方よし（豆腐丼）

材料（1人分）
絹ごし豆腐（市販のもの）……1丁
塩……小さじ1
葱・削り鰹節・生姜・醤油……適宜
冷ご飯……適宜

作りかた

1 鍋《なべ》に水を張り、豆腐を入れて火にかけます。沸いたら塩を加え、豆腐の芯《しん》まで火を通します。

2 丼に冷《ひや》ご飯を装《よそ》い、水気を切った1の熱々の豆腐を大きめの匙《さじ》で掬《すく》って載《の》せます。

3 薬味の葱《ねぎ》、鰹節《かつおぶし》を「ちょっと多いかな」と思うくらいたっぷり載せて、最後に卸《おろ》した生姜《しょうが》を載せたら、醤油を回しかけて完成です。

ひとこと

つる家で人気の賄《まかな》い料理です。冷ご飯に熱々のお豆腐。お客様には出せないけれど、これが妙に美味《おい》しいのです。人目を気にせず、豪快に召し上がれ。

大根の油焼き

材料（４人分）
大根……６cmほど
胡麻油……大さじ１
味醂・醤油……各小さじ１
粉山椒……適宜

下ごしらえ
＊大根をよく洗い、皮付きのまま厚さ１cmの半月切りにします（計12枚）。重ならないように笊《ざる》に広げて（朝から夕方まで）天日に干しておきます。取り込んだら、濡《ぬ》れ布巾《ぶきん》でさっと表面を拭《ぬぐ》っておきましょう。
＊味醂《みりん》と醤油《しょうゆ》は合わせておきます。

作りかた
１熱した鍋《なべ》に胡麻《ごま》油を入れ、熱くなったところに、下拵《したごしら》えを済ませた大根を入れます。

２最初は強火で焦《こ》げ目がついたら引っくり返し、弱火にして中までじっくり火を通します。

３２に味醂と醤油を合わせておいたものを回しかけて味を絡《から》ませます。

４仕上げに粉山椒をぱらり。

ひとこと
野菜の天日干しは、日持ちが良くなる上に味も濃くなり、旨味《うまみ》が増します。おまけに身体《からだ》にとても良いのです。
この油焼きも、常《つね》の大根ステーキとはまるで違う、不思議な食感と味わいで病《や》み付きになりますよ。

あたり芋環《おだまき》用のうどん

材料(芋環蒸し用・4人分)
小麦粉(中力粉)……200g
水……90cc
食塩……8g
打ち粉用の中力粉……適宜

下ごしらえ
＊中力粉《ちゅうりきこ》はふるいにかけておきましょう。
＊水に食塩を加え、よく混ぜておきます。冬なら、ぬるま湯を用いましょう。

作りかた
1 ボウルに中力粉を入れ、食塩水を少しずつ加えながら捏《こ》ねていきます。初めは指先で混ぜ、そぼろ状になったらまとめて掌《てのひら》で押さえつけるようにしてよく捏ねます。途中、ボウルから取り出して、台の上などで体重をかけるようにして捏ね上げ、餅状に形を整えましょう。
2 1の生地に濡れ布巾《ぬぶきん》をかけて(もちろん、江戸時代にはないけれどビニール袋に包んでもOK)、1時間ほど寝かせます。
3 寝かせた生地を再度軽く捏ね、形を整えてさらに20分ほど寝かせます。

4　3の生地を、打ち粉を振った台に載《の》せ、麺棒《めんぼう》で円形に伸ばします。厚さが1㎝ほどに伸びたら打ち粉をし、麺棒に生地を巻きつけ、縦横に万遍《まんべん》なく伸ばし、3㎜ほどの厚さにしましょう。

5　4の生地を三つに折り畳み、包丁で3㎜ほどの幅に切っていきます。

6　5の麺を、たっぷりの湯で茹《ゆ》でます。麺が浮き上がったら火を弱め、好みの固さ(今回は心持ち柔《やわ》らかめ)に茹で上げましょう。

7　6を手早く笊《ざる》に上げて冷水で水洗いしたら完成です。苧環蒸《おだまきむ》しに使用する直前に、さっと湯通ししてください。

ひとこと

こうして出来上がったうどんをぐるっと巻いて器の底に入れ、あとは「とろとろ茶碗蒸し」(『八朔《はっさく》の雪』の巻末にレシピあり)の具材に、蒲鉾《かまぼこ》を適宜《てきぎ》加えて、静かに玉子液を流し込み、同じ要領で作ってみてくださいね。

市販のうどんで作る場合は、ふた玉で4人分になります。

特別付録

みをつくし瓦版

インタビュー／りう　版元／神田永富町坂村堂

つる家《や》の臨時手伝い、りうと申します。この度、皆さまから多く寄せられている質問事項について、作者に尋ねる役目を引き受けることと相なりました。名付けて「みをつくし瓦版・りうの質問箱」。はてさて、お望みの答えを引き出せますか否か。

りうの質問箱1　何故に年二冊？

「みをつくし料理帖」は、今のところ、年に二冊。じれったいですよねぇ。あたしの寿命のあるうちに次が出るのか、と心配になりますよ。ちょいと遅筆なんじゃありませんかねぇ？　そこんとこ、どうなんです？

作者回答

お待たせして本当に済みません（土下座）。ただ、内容や構成、料理を考えるのに一、二か月、執筆に二か月、推敲《すいこう》や取材に二か月。どうしても五か月から半年は必要なんです。何とか、今少し寿命を延ばしてお付き合いくださいませ。

りうの質問箱2　小説作法について

シリーズ物というのは、読み手にとって「この先どうなるのか」という展開が気になるところ。作家さんの中には、最初の段階で展開を作り込んで書くタイプと、書きながら話を転がしていくタイプがある、と聞きますが、どちらですかねぇ？

作者回答

前者、つまり書き始める前に設計図を作っ

てしまうタイプです。ですから、「みをつくし料理帖」でも、何巻でどんな出来事が起こるか、大枠は最初に決めています。最終話のタイトルと場面も決まっています。根が小心者なので、着地点が見えていないと不安なんです。

りうの質問箱3　作中の料理について

食いしん坊にとって気になるのが作中の料理。巻末にレシピまで付いてますが、あれは自分で作っているんですか？　レシピの付かない料理はどうなんです？　そこんとこ、はっきりさせてくださいな。

作者回答

レシピを付けないものも含めて、作中の料理は全て《すべ》作っています。作家として如何《いかが》なものか、と恥ずかしく思いますが、実際に作らないと書けないのです。巻末のレシピに関しては、より美味しく仕上げるために試作を繰り返しています。

☆さてさて、今回初めての試みとなる「みをつくし瓦版」。いかがでしたか？　これからも読み手と作り手の繋ぎ役でありたい、とあたしゃ願っています。ご質問をお寄せくださいな。（りう）

〒一〇二-〇〇七四
東京都千代田区九段南二-一-三〇 イタリア文化会館ビル五F
株式会社角川春樹事務所　書籍編集部
「みをつくし瓦版質問箱」係

本書は時代小説文庫（ハルキ文庫）の書き下ろし作品です。

時代小説文庫
た 19-7

心《しん》星《ぼし》ひとつ みをつくし料《りょう》理《り》帖《ちょう》

著者 髙《たか》田《だ》 郁《かおる》

2011年8月18日第 一 刷発行
2019年8月18日第二十二刷発行

発行者 角川春樹

発行所 株式会社 角川春樹事務所
〒102-0074 東京都千代田区九段南2-1-30 イタリア文化会館

電話 03(3263)5247[編集] 03(3263)5881[営業]

印刷・製本 中央精版印刷株式会社

フォーマット・デザイン&シンボルマーク 芦澤泰偉

ISBN978-4-7584-3584-0 C0193

http://www.kadokawaharuki.co.jp/[営業]
fanmail@kadokawaharuki.co.jp[編集] ご意見・ご感想をお寄せください。

〈 髙田 郁の本 〉

八朔《はっさく》の雪　みをつくし料理帖

料理だけが自分の仕合わせへの道と定めた上方生まれの澪。幾多の困難に立ち向かいながらも作り上げる温かな料理と、人々の人情が織りなす、連作時代小説の傑作。大好評「みをつくし料理帖」シリーズ、第一弾！

花散らしの雨　みをつくし料理帖

新しく暖簾を揚げた「つる家」は、ふきという少女を雇い入れた。一方、神田須田町の登龍楼で、澪の創作したはずの料理と同じものが同時期に供されているという——。果たして事の真相は？ 大好評「みをつくし料理帖」シリーズ、第二弾！

想い雲　みをつくし料理帖

版元の坂村堂が雇う料理人と会うこととなった澪。なんとその男は、行方知れずとなっている天満一兆庵の若旦那・佐兵衛と共に江戸へ下った富三だった。澪と芳は、佐兵衛の行方を富三に尋ねるが——。大好評「みをつくし料理帖」シリーズ、第三弾！

時代小説文庫
ハルキ文庫

時代小説文庫
ハルキ文庫

時代小説文庫
ハルキ文庫

今朝の春

みをつくし料理帖

月に三度の『三方よしの日』、つる家では澪と助っ人の又次が作る料理が好評を博していた。そんなある日、伊勢屋の美緒に大奥奉公の話が持ち上がり、澪は包丁使いの指南役を任されたが——。大好評「みをつくし料理帖」シリーズ、第四弾！

時代小説文庫
ハルキ文庫

小夜《さよ》しぐれ

みをつくし料理帖

表題作『小夜しぐれ』、つる家の主・種市と亡き娘おつるの過去が明かされる『迷い蟹』他、『夢宵桜』、『嘉祥』の全四話を収録。澪の恋の行方も大きな展開を見せる、大好評「みをつくし料理帖」シリーズ、第五弾！

時代小説文庫
ハルキ文庫

心星《しんぼし》ひとつ

みをつくし料理帖

天満一兆庵の再建話に悩む澪に、つる家の移転話までも舞い込んだ!!　幼馴染みの野江との再会、小松原との恋の行方は?　つる家の料理人として岐路に立たされる澪。「みをつくし料理帖」シリーズ史上大きな転機となる第六弾！

時代小説文庫
ハルキ文庫

〈 高田 郁の本 〉

夏《か》天《てん》の虹　みをつくし料理帖

想いびとである小松原と添う道か、料理人として生きる道か……決して交わることのない道の上で悩み苦しむ澪。彼女の見上げる心星は、揺るがない決意とその道を照らしていた……。「みをつくし料理帖」シリーズ、〈悲涙〉の第七弾！

時代小説文庫
ハルキ文庫

出世花　新版

数奇な運命を背負いながらも、江戸時代の納棺師『三昧聖』として生きるお縁。一心で真っ直ぐに自らの道を進む「縁」の成長を描いた、著者渾身のデビュー作、新版にて刊行！

時代小説文庫
ハルキ文庫

きずな　時代小説親子情話（細谷正充・編）

宮部みゆき「鬼子母火」、池波正太郎「この父その子」、山本周五郎「糸車」、平岩弓枝「親なし子なし」の傑作短篇に、文庫初収録となる高田郁「漆喰くい」を収録した時代小説アンソロジー。五人の作家が紡ぐ、親子の絆と情愛をご堪能ください。

時代小説文庫
ハルキ文庫